俺はまだ、本気を出していない
7
三木なずな
Illustration さくらねこ
JN054183

「もっと、いろいろ斬りたい、です」
オルティアに唆されて、
ノンはうるうるした上目遣いの
瞳で俺に迫ってきた。

ノン

そうこうしているうちに、
カオリもフルも服に着替えた。
色だけが反転している、
意匠のまったく同じドレスを着た二人は、
なるほど姉妹に見えないこともなかった。
「えへへー、なのだ」
カオリはフルに抱きついて、
すりすりと頬ずりをした。
カオリ

フル

ヘルメス・カノー

「こんな噂、断ち切ってやる！」

俺はフルを構えて、振り下ろした。
形のないものを斬る、
全てを斬れるフル・スレイヤーの斬撃。
その斬撃が、
街をまさに覆い尽くさんとする、
俺の噂を断ち切った。
虹色のそれははじけ飛んで、
徐々に薄まって、
跡形もなく消し飛んだ。

Contents

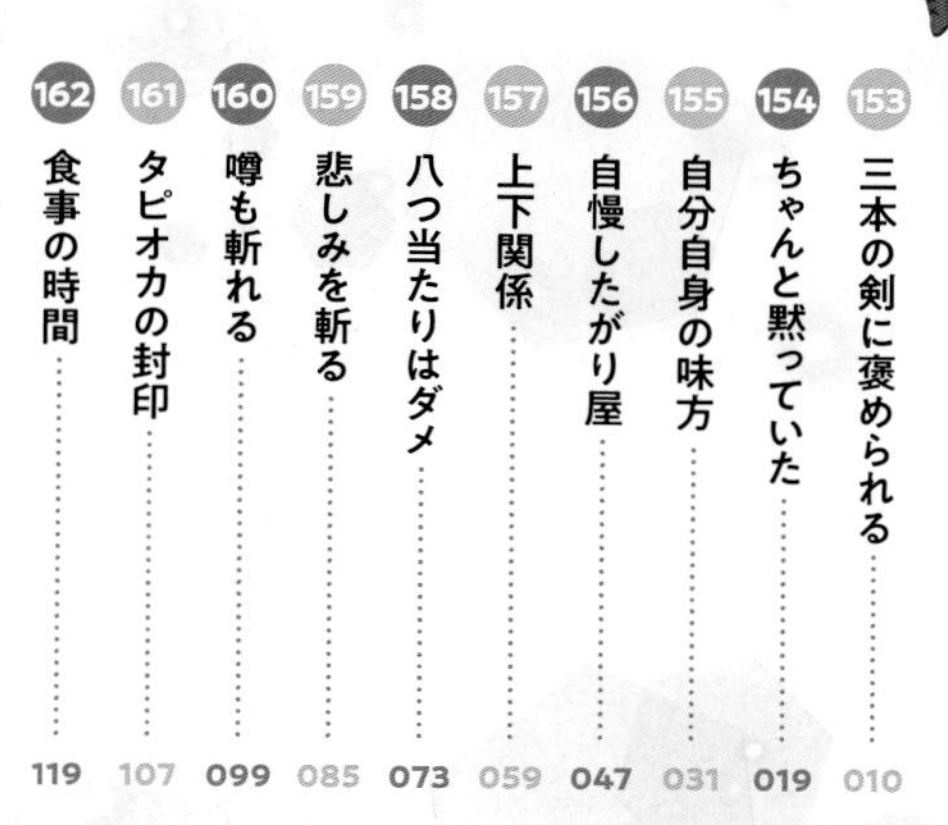

俺はまだ、本気を出していない７

三木なずな

153 三本の剣に褒められる

『あいたたたた、体の節々が痛いよー』

『……』

『ってここはどこですか？　……あら、フルちゃん！』

二人の少女のうち、性格が明るそうな少女は、まわりをきょろきょろ見回したが、フルを見つけてテンションが上がった。

『フルちゃーん』

現れた直後よりもさらにテンションが上がって、台座に収まったフルに飛びついた。

剣の姿で避けようがなかったフルだが——結果からいえば避ける必要もなかった。

突進した少女は、剣にも台座にも抱きつくことなく、すり抜けてしまった。

すり抜けた勢いのまま地中に突っ込んでいったが、すぐに飛び出てきて、恨めしげな目をして唇を尖らせた。

『うぅ……ひどいです、あんまりです。久し振りに再会したのにフルちゃんってばひどい』

『いえ、私は何もしていませんが。それよりもあなたはだれですか？』

あまりにもなれなれしい――もとい、フレンドリーに話しかけたり、フルに向かって抱きついていくものだから、俺はてっきり二人は知り合いだと思っていたのだが、フルの反応からしてまったくそうじゃないみたいだった。

『ひどい！　ママのことを忘れたのですか！』

『ママ……もしかしてノンさん、ですか？』

フルは少し考えたそぶりをしてから聞き返した。

『はい！　もちろんですよ』

『そうですか。初めましてノンさん。フルです』

『ひどい！　初めましてだなんてひどい！』

『初対面ですから』

「……」

なんだかまるでコントのようなやり取りを横から見ていたが、会話の内容があまりにも普通じゃなかったから、俺はたまらず二人の会話に割り込んだ。

「ちょっといいか？」

『はい？』

『なんでしょうか、マスター』

「その人――ってか、幽霊？　は結局のところ、知り合いなのか？」

『お答えします、マスター』

フルはいつものように平坦だが、やや呆(あき)れた様子の口調で答えた。

『彼女はノン・スレイヤー。私の先行限定生産型になります』

「ノン・スレイヤー」

『はい。型式番号は一つ前ということになります』

「ノン、ってことは？」

『ご明察、さすがはマスター』

フルは俺を称(たた)える言葉を挟んでから、さらに言った。

『何も斬れない剣、と聞かされています』

「……なるほど」

俺は小さく頷(うなず)いて、納得した。

今までに聞いたスレイヤー一族はみな、「名は体(たい)を表す」的な者たちばかりだった。

ドラゴン・スレイヤーはドラゴン殺しに特化した剣で、ゴブリン・スレイヤーはゴブリン殺しに特化したもの。

目の前のフル・スレイヤーは「全てを殺す」という、一族の集大成ともいうべき存在だった。

そのセオリーそのままで、目の前の幽霊（？）はノン・スレイヤー――何も斬れない剣なのだという。

「なるほど、そうきたかあ」

『えー、なになに。そうきたかってどういうこと？』

幽霊――ノンがぷかぷかと、宙に浮かんだまま俺に近づいてきた。

自ら母親と名乗ったにしては、フルよりも幼い顔つきだった。

全体的に幼いというわけではなく、よくある「大人なのに童顔」というタイプの幼さだ。

そんな彼女が小首を傾げているのを見つめ返して、答えた。

「製作者や開発者の中に剣豪や達人とかがいたんだろうな、って」

『なんでなんで？』

「発想がそうなんだよ」

俺は頷き、腰を屈めて、地面から適当な小石を二粒拾い上げた。

まずは一粒、軽く真上に放り投げてから、腰間の剣を抜き放って落ちてきたところを斬る。

小石は空中でズバッと両断された。

「斬りたい時に斬る――」

そしてもう一粒の小石も同じようにして、放り投げて落ちてきたところを斬る。

まったく同じ軌道で同じ速さの斬撃だが、意識したので、小石はまったく斬れずに地面にただ落下した形になった。

「――斬りたくない時は斬れない。達人って呼ばれる人種が口を揃えていう、たどりつくべき境地ってやつか」

『そうなんですか』

「全てを斬れない――から全てを斬る。ノンからフルに、って作った人間の意図がはっきりと見て取れる。間違いなく達人が関わってるんだと思うぞ」

『そうなんだー』

自分のことなのに、ノンは能天気な反応で頷いた。

そのことにはあまり興味はないのか、頷いたはいいものの、俺をじっと見つめていた。

話よりも目の前の男に興味がある――って感じの表情だった。

「な、なんだよ」

俺は戸惑ったが、そんな俺の戸惑いをよそに、ノンはくるっと浮かんでいる体を半回転して、台座に収まったままのフルに向き直った。

『フルちゃんのマスター、若いのに洞察力がすごいねー』

「うっ……」

やっちゃった、と思った。

ノンからフルへ、のスレイヤーを作った人間の発想が面白くて、ついつい語ってしまって、さらに実演までしてしまった。

それでノンから評価されてしまって、俺はまたやっちゃったと頭を抱えたくなった。

一方で、ノンにそんなことを言われたフルは、

『はい、自慢のマスターですから』

といった。

語尾が嬉しそうに上ずっていて、珍しくウキウキしているように聞こえた。

『いいなあ、フルちゃんだけずるい。ママもそんなマスターがほしい』

『諦めて下さい。そもそもノンさんにはもう実体がないじゃありませんか』

『ぶーぶー。そんなことをきいてるんじゃありません』

ノンは唇を尖らせて、可愛らしい仕草で拗ねてみた。

本人が母親だと主張しているだけあって、ノンはフルと見た目が結構似ていた。

ただ顔は似ているが、無表情なフルとは対象的に、ノンは感情豊かで表情がころころと変わるタイプだった。

たまに見かける、可愛らしい大人の女――ってタイプで、見ていて飽きないと思った。

そう考えていると、視界の隅で彼女が身じろいだのが目に入った。

ノンと一緒に登場したけど、そこからずっと無言のままの一人の幽霊。

フルとはあまり似ていないが、ノンとは結構似ている。

そんな彼女はいつからか俺のことをじっと見つめていた。

「あんたの名前は？」

見た目からして「スレイヤー」で間違いなさそうだから、ストレートに名前を聞いてみた。

彼女は俺の方を向き、しばらくじっと見つめた後、静かに口を開いた。

『アライ、なのです』

「アライ？」

『はい。アライ・スレイヤーっていうです』

「アライ……アライ……」

『お姉ちゃんは味方殺しだよ』

俺が首を傾げている横から、ノンが答え合わせをしてきた。

「味方殺し？　なんだってそんな——あっ」

言いかけた瞬間、ハッとした。

そしてフルを見る。

「そうか、『全部を殺す』の中には味方も含まれてるってわけか」

『ご明察です、マスター』

「なるほど……」

俺は小さく頷き、アライの方に視線を向けた。

フル・スレイヤーは全てを殺す剣。

彼女を作り出す過程で、様々な「特化型」の剣が作られた。

その「全て」の中に、「味方」も含まれている、ということか。

アライ・スレイヤー。

味方だけを殺す剣。

……。

いきさつ上仕方ないとはいえ、ちょっと悲しくなる身の上だと思った。

俺がそんなことで黄昏（たそが）れていると、ノンが再びフルの方を向いて、頰（ほお）に手をあててにこやかに微笑（ほほえ）んだ。

「アライはなんで俺をじっと見てたんだ？」

『その剣』

彼女は手を伸ばして、俺の腰の剣をさした。

初代当主の持ち物だとされるボロ剣。

手に入れた後は、大抵の時は持ち歩いている。

「これがどうかしたのか？」

『私には分かるです、その剣はもう朽（く）ちる寸前なのです』

『そうですよね。私もそれが気になってました。なんか私たちが死ぬ直前の状態とすごく似てます』

ノンがアライの言葉に同調した。

なるほど、と思った。

二人は人の姿をしているが、あくまで「剣」だ。

俺の腰にあるボロボロの「剣」に何か通ずるものが感じられたんだろう。

「まあ、確かにボロいが……」

それが？　って顔でアライを見つめ返す。

『その剣で自在に斬ったり斬れなかったり……私がしっているどの剣豪よりも凄腕なのです』

「うっ……」


ついうっかりやってしまったことが、アライからも褒められてしまうのだった。

154 ちゃんと黙っていた

『フルちゃんいいなあ、すごく素敵なマスターで』

『はい、一族で最高の幸せものです』

フルは臆面（おくめん）もなくそんなことを言ってのけた。

とりようによってはのろけだ。

それを言われてちょっと気恥ずかしかったけど、フルがまだ剣のまま台座に収まって、顔というか表情が見えないのが唯一の救いだ。

『いいなあ、ママもフルちゃんのマスターのところに行きたかったなぁ』

「……」

俺は無言で、ノンのその言葉をスルーした。

もし死んでなかったら――っていう意味に聞こえたから、どう返せばいいのか分からなくて黙っていようと思ったからだ。

だが、次の瞬間。

アライの言葉がその考えをひっくり返した。

『わたしが代わりに行くです。ノンはここでハンカチ咥えて悔しがってるといいです』

「ん?」

アライの言葉に引っかかりを覚えた。

そのアライを見つめて、聞いてみた。

「あんたが代わりに来るのか?」

『はいです』

「来れるのか……いや、なんでノンが行きたいけど行けないみたいな言い方をしたんだ?」

『説明します』

アライの代わりに、フルが横から答えてくれた。

『私たちは、一定の条件を満たせば修復することができます』

「そうなのか!?」

『はい、武器ですので』

フルはさらっと言った。

武器だから、修復はできる——ということか。

『ですが、ここで一つ問題が生じます』

「問題?」

『あくまで武器ですので、武器として修復されます』

「つまり……剣の姿として、ってことか」

『はい』

「……ああっ！」

少し考えて、ハッとした。

まさに目の前にいるフルの姿によって気づかされた。

彼女は今、剣の姿になって、台座にはまっている。

そして剣から再び人間の姿に戻るには、本人曰く「何かを斬らない」とダメだと言う。

実際に彼女を剣から戻したことのある俺としては、そのことは真実なんだというのが分かる。

俺はノンの方を向いた。

ノン・スレイヤー。

フルにいたるまでの道程として作られた、「何も斬れない」剣。

何も斬れないのなら、元に戻ることもできない。

「本当に元に戻れないのか？」

『そうなの！　だから私、人間の姿でいたのはほんのちょびっとだけなんですよね』

「なるほど」

『せっかくだからフルちゃんと一緒に行きたいけど、剣のままのすがたじゃ悲しくなっちゃうから』

『そうですね、それは不幸だと思います』

フルがそう言った。

その口調には、彼女にしては珍しくはっきりとした感情が乗っていた。

わずかな同情、ノンに向けられる同情が乗っかっていた。

剣の姿から人間の姿に戻ることができない、というノンの境遇に対する同情のようだ。

直前までうっとうしがっていたフルにしては、かなりの歩み寄りに感じられた。

「やっぱり人間の姿になれないと残念なのか」

『どっちも大事だから』

『そうですね』

ノンは即答して、フルはそのことに同意した。

なるほど……。

「……もし」

『なんですか？』

「誰にも話さないって約束してくれたら、人間の姿に戻す協力をしてあげてもいい」

『だれにも？　どうして』

「どうしても」

『うーん……』

ノンはよく分からない、という顔で俺を見つめた。

なんでそんなことを言い出すのか分からないって感じの反応だ。

『でも無理ですよ、だって私はノン・スレイヤー、何も斬れない剣ですから』

「内緒にできたら戻してやる」

『……本当に？』

『よかったですね。マスターが自分からそんなことを言い出すのはあまりないことです』

「……」

俺は微苦笑した。

確かにいつもは面倒臭(めんどうくさ)がってこういうことを言い出すことはないんだが、それを今言わなくてもいいじゃんって思った。

俺が提案して、フルが後押しをした。

ノンの幼い顔が、分かりやすく迷っていた。

『本当に……ですか？』

「ああ」

俺ははっきりと頷(うなず)いた。

☆

俺の前の地面に一振りの剣が突き刺さっていた。
フルとほとんど見た目が同じの剣。
さっきまで幽霊のような姿をしていたノンだ。
フル・スレイヤーのためのノン・スレイヤー。
そのこともあって、剣としての姿は本当にそっくりだった。
俺は地面からノンを引き抜いた。
「何かを斬ればいいんだな」
『そうですけど……本当に？』
俺は無言で小さく頷いた。
まわりを見る。
フルがはまっている台座に目をつけた。
「この台座は斬っても大丈夫なのか？」
『は、はい。そうですよね、お姉ちゃん』
『うん、ここを離れるのならもういらないもの』

自分とは関係のない話だと思ったからか、さっきからずっと一歩引いた場所にいて黙っていたアライが答えた。

「分かった」

俺はまず台座からフルを引き抜いた。

フルごと斬るわけにはいかないからだ。

そして、ノンを構える。

ノンを持った感触は、フルのそれとまったく同じだった。

そのノンを構えて——振り抜く。

何も斬れない剣の切っ先が通った後、石造りの台座が斬られて真っ二つになった。

一呼吸遅れて、手の中にあるノンが、フルとまったく同じように人間の姿に戻った。

「本当にもどった……」

ノンは自分の姿を見て、驚き、そして感動した。

「ありがとう!!」

そのまま俺に抱きついてきたが、経緯が経緯だし、俺はしばらく、彼女の好きなようにさせてやることにした。

☆

「いいか、本当に内緒だからな」

　着地した屋敷の庭で、俺はフル、ノン、アライの三人に念押しした。

「もちろんです、マスターのご命令に背くはずがありません」

「私も！　ちゃんと約束は守りますよ！」

「触れ回る理由がないです」

　三者三様の言葉で答えてくれた彼女たち。

　俺は小さく頷いた。

　彼女たちは言わないだろうと信じられた。

「さて、と。じゃあメイドをよんで、あんたたちの部屋を用意させないと」

「お帰りなさい、ヘルメス」

「うわっ！」

　背後からいきなり声をかけられて、飛びのくほどびっくりした。

　振り向いた先にいたのは姉さん。

　姉さんは不思議そうに俺とフルたちを交互に見比べた。

その間、俺はフルたちに目配せした。

三人は無言で頷いてくれた。

ちゃんと黙っているから安心して——って感じだ。

それで俺がちょっとホッとしたところに、姉さんが聞いてきた。

「そちらの子は?」

「え?　ああ。えっと……フルの母親、って言ったら信じるかな」

自分で言ったものの、事情を知らなければ自分でも信じないだろうなと思った。

それくらいフルとノンの見た目は似ていて、年齢も近く感じられ、とても母娘には見えないからだ。

「母親……さすがヘルメスね!」

「へ?」

俺の言葉を聞いて、手を合わせていきなり喜び出した姉さん。

「さすがって……何が?」

「フルちゃんの母親ってことは、ノン・スレイヤーなのですよね」

「知ってるのか、姉さん」

「そりゃあもう、調べましたから」

「へえ」

俺は姉さんの言う「調べた」の内容が気になった。

今のところ、フルたちのことをあまりよく知らない。

フルとは付き合いがちょっとだけ長いいくつか知っていることもあるが、ノンとアライのことはほとんど知らない。

姉さんの情報収集能力は本物だ。

そんなことをどうやって調べた――と思うこともよくあるくらい情報収集能力がすごい。

姉さんが何を調べて何を知ったのか、それが知りたくなった。

しかし次の瞬間、俺は自分の耳を疑ってしまうことになる。

「ノン・スレイヤーを剣から人間の姿に戻すなんて、さすがヘルメス」

「へ？」

「え？　違うのですか？　スレイヤーを使って何か斬る以外で人間の姿に戻せる方法があったのですか？」

「いや……それは……」

たぶんないけど……ないけど……。

「でしたらやっぱり、ノン・スレイヤーで何かを斬ったということなのですね。さすがヘルメス！　このこともちゃんと喧伝しなければ！」

ノンたちのことをちゃんと、正しく調べがついていた姉さん。

フルたちは言いつけ通り何も言わなかったが、姉さんの情報収集能力でいろいろとばれてしまったのだった……。

155 自分自身の味方

夜、書斎の中。

俺は一人でぼうっとしていた。

椅子(いす)の背もたれを45度くらい後ろに倒して、背をもたせかけて天井を見上げていた。

ノンとアライにはちゃんとした部屋を割りふってやったけど、ノンはフル好き好きモードになってしまったため、フルの部屋から出てこない。

またうっかりやらかしてしまった俺は、書斎で一人っきりになって後悔(こうかい)していた。

そこにコンコン、と物静かなノックが聞こえてきた。

この気配……姉さんか。

「はーい……」

気の抜けた返事をすると、ドアがガチャッと開いて、姉さんが書斎に入ってきた。

「ここにいたのですね、ヘルメス――あら？　どうしたのですか、なんだか元気がないようですけど」

「あー……なんでもないよ」

俺は漏れそうなため息をぐっと呑み込んで、そう言った。

今更言ってもしょうがないことだから、むしろさっさと忘れてしまった方がいいと思ったから、そうした。

「そうですか？」

姉さんは不思議そうに小首を傾げたが、深く追及することはなかった。

代わりに、ニコニコした顔のまま俺に近づいてきた。

「うふふ」

「なんだよ姉さん、気持ち悪い笑い方して」

「もう！　ひどいですよ、ヘルメス」

「いやだって、姉さんがそんな笑顔して近づいてくる時とかさ……」

最後の「ろくでもないことしかない」って言うのをかろうじて呑み込んで出さなかったが、言ってるも同然の感じになっていた。

「もう！　ろくでもないってなんですか。私はちゃんと、カノー家の存続のための話をしに来たのですよ」

「むっ？」

倒していた椅子の背もたれを戻して、体も起こして、姉さんを見た。

姉さんの言うことが気になった。

カノー家の存続。

当たり前すぎてあまり気にしてないけど、それは俺にとって一番重要なことだった。

何もしないでだらだら過ごしたい俺にとって、カノー家が貴族のまま存続するのが最重要なことだ。

だから、姉さんが言う「カノー家の存続」について気にしないわけにはいかなかった。

「どういうことなんだ？」

「はい、これを見て下さい」

姉さんはそう言って、数冊のフォトブックを書斎の机の上に置いた。

魔法写真で作られたフォトブック、その一つを開いてみると――何やら貴婦人がうっていた。

他のも開いてみる。

すると、全員が似たような感じの貴婦人だった。

「何、これ？」

「お見合い写真です」

「お見合い写真？」

「はい。ここ数年で未亡人になった女性のお見合い写真です」

「……なんでそんなものを?」

「いやですねえ、ヘルメス。フルちゃんのお母さんを連れて帰ったじゃありませんか」

「そうだけど……」

だから?　って顔で姉さんを見つめ返す。

「ようやくヘルメスも人妻に目を向けてくれるようになったから、だから集めたのですよ。さあ、この中から誰でもいいから、好きなのを選んで下さい」

「だから、なんで!?」

ちょっとだけ声が上ずって、突っ込み気味で聞き返した。

「え?」

「え?」

「ヘルメス、気づいたのでしょう?　未亡人の魅力に」

「……ん?」

言われて、少しの間、考える。

結婚相手が若くても、子供ができない可能性はある。

カノー家の存続という目的のためには、未亡人も候補に入ることもある。

だから、姉さんがそう言ってくるのは理解できる——んだけど。

「はやまるな、姉さん」

「へ？」

「彼女たちを連れて帰ったのはそういう理由じゃない」

「そうなのですか？　では、なぜ？」

姉さんはきょとんとし、小首を傾げた。

「それは……」

ノンとフルのあの時の姿が頭に浮かんだ。

それが理由だけど、素直に言うのが恥ずかしかった。

恥ずかしくて、黙っていると。

「うふふ、そんなに恥ずかしがらなくてもいいのですよ」

「うっ……いや恥ずかしいのは恥ずかしいんだけど」

姉さんは口を押さえて、にやにやと笑った。

間違いなく、ますます勘違いされてしまっただろう。

さて、どうしたもんかと迷っていると。

「でも、そうですね。すこし性急過ぎたかもしれません」

「へ？」

「あらかじめ用意した未亡人では、ヘルメスの好みに合わないかもしれません」

「あらかじめ用意してたのか!?」

「ヘルメスが連れ帰った彼女たちをよく観察して、それに似たタイプを改めてリストアップすることにしますね」

姉さんはそう言って、お見合い写真をまとめて、笑顔を保ったまま部屋から出ていった。

呼び止める暇もなく、まるで嵐のような姉さんだった。

HHM48（ヘルメスハーレムフォーティーエイト）といい、お見合い写真といい。

いつもの姉さんといってしまえばそこまでなんだが。

「本当、何を考えてるんだか」

「気に、なるの？」

「うわっ！」

真後ろからいきなり声が聞こえてきて、俺はびっくりして、椅子から飛び上がった。

飛び上がった後、パッと振り向いた。

椅子の後ろ、壁際にアライが立っていた。

夜、窓の向こうは暗闇が広がっている。

その闇から溶け出すかのようなたたずまいだった。

「い、いつからそこにいたんだ？」

「ちょっと前から」

「うそぉ!?　気配とか全然なかったぞ」

「私は物、物に気配なんてない」

「そうなのか……」

私は物、という物言いにはちょっとどうなのかとも思ったが。

彼女は剣、剣に気配はない、というのは納得できた。

……意識の上位の武器なら、それはそれで気配を感じる場合もあるのだが、深くは考えないようにした。

一方、アライは何を考えているのか分からないような、茫漠とした表情でドアの方をじっと見つめていた。

「どうした？」

「さっきの女」

「え？」

「…………なんでもない。それより」

アライは俺の方をまっすぐ向いて、

「お願いがある」

「お願い？　なんだ？」

「血を、一滴分けてほしい」

「血？　俺の？　なんで？」

「一時的なマスターになる」

「ふむ?」

一時的なマスターになる?

「まあ、いいけど」

俺は小さく頷き、自分の爪で人差し指をひっかいて、小さい切り傷を作った。

そこに一粒、玉のような血がにじみ出る。

「これでいいのか?」

「ん……」

アライは俺に近づくなり、人差し指にしゃぶりついた。

「ちょっとぉ!?」

びっくりして、思わず手を引いてしまった。

アライは唇をすぼめて、顔を突き出したまま上目遣いで見つめてくる。

「ダメ?」

「ダメっていうか、何してるの?」

「さっき言った、血を一滴分けてほしい」

「うん確かに言ったね!」

分け方言ってなかったけどね!

アライは一瞬だけきょとんとしたが、すぅ、と身を引いてまっすぐ立った。

「ありがとう」

「もういいのか？」

「ん……」

アライはそう言って、ゆっくりとドアに向かった。

そのままドアを開けて、部屋から出ていった。

「なんだったんだ……一体」

アライの行動が理解できない俺は首を傾げた。

「あっ……気配感じるようになった」

俺の血を取り込んで、それで何かしらの変化が起きたのだろうか。

部屋から出ていったアライの気配を感じるようになった。

今でもちょっと意識すると、屋敷の中にいる人間全員の気配を把握できるんだが、それと同じように、アライの気配も感じられた。

なんとなく気になって、アライの気配を追いかけた。

アライは移動を続けた。

移動した先に姉さんがいて、姉さんも歩いていたのだが、急に立ち止まった。

アライは姉さんに近づいていく。

呼び止めて近づいた――って感じか？

「――っ！」

瞬間、全身が粟立った。

追いかけていたアライの気配から、殺気がにじみ出したのを感じた。

たいしたことのない殺気、目の前にいても黙殺できる程度の代物。

しかしそれは、姉さんに向けられていた。

「――っ！」

俺は椅子を倒すほどの勢いで立ち上がって、部屋から飛び出してアライと姉さんのところに急行した。

すると、いつの間に合流したのか、剣になったアライを持ったノンが、そのアライの切っ先を姉さんに向けているのが見えた。

「やめろ！」

大喝して、意識をこっちに向けさせて猶予を作りつつ、両者の間に割って入る。

姉さんの前にかばうように立った。

「マスター……」

ノンがばつの悪そうな表情をしていた。

「何をしてるんだ、お前たち」

『大丈夫だ息子よ、悪いことはしてない』

剣になったアライが平然と答えた。

『私で、その女を斬ろうと思っただけだ』

「全然大丈夫じゃないじゃん！」

声が裏返るほどの勢いで突っ込んだ。

「いきなりどうしたんだよ！」

『その女はあやしい』

「え？」

虚を衝かれた俺、思わず背後にいる姉さんを見た。

剣になったアライの声は聞こえていないのか、姉さんは不思議そうな顔をしていた。

『腹に一物をかかえている、油断ならない女』

「それは……」

擁護しようとしたが、できなかった。

そこは、アライの言うとおりかもしれなかった。

姉さんがいつも何か企んでいるのは事実だ。

『だから、私で斬る』

「だからなんで!?」

『私はアライ・スレイヤー。味方を斬る剣』

「マスターの血を頂戴したので、今はマスターの味方しか斬れない状態、です」

ノンが補足説明した。

『その女を斬る。斬れれば白、斬れなければ黒、だ』

「何その魔女裁判!?」

またまた、声が裏返ってしまうほどの突っ込みになってしまった。

突っ込んだあと、ちょっとだけ落ち着いた。

アライの意図は分かった、善意だ、これは。

何やら隠し事をしているっぽい姉さんが、本当に俺の味方かどうかを見極めてくれる——そういう話だ。

やり方はちょっとアレだけど、間違いなく善意。

俺はちらっと姉さんを見た。

「ヘルメス?」

斬れても、斬れなくても。

姉さんに剣を向けられるわけがない。

「ノン、彼女を渡して」

「はい、マスター」

ちょっと強めに、命令口調で言うと、ノンは躊躇することなくアライを俺に渡した。

アライを受け取った俺は、切っ先で自分の手の平を薄く切った。

自分自身を斬ると、アライは剣から人間の姿に戻った。

「とりあえずこの話はなしだ。いいな」

「分かった」

アライは淡々と頷いた。

俺は身を翻して、姉さんの方を向いた。

「悪かったな、姉さん。驚かせてしまって」

「ううん、大丈夫ですよ。いいものを見せてもらいましたので、この程度はどうということはないです」

「いいもの？」

「今、ヘルメスは彼女を戻すために、自分を傷つけましたね」

「ああ」

「うふふ、自分が自分自身の味方――ということですね」

「まあな」

俺は頷いた。

とっさに思いついたことだが、上手くいって良かった。

――の、だが。

なぜか姉さんはにやにやしていた。

「姉さん？」

「さすがヘルメスね」

「へ？」

「自分に自信があって、自分が自分自身の味方。それは、この世で一番難しいことです」

「え？　いやそんなことは――」

「その女の言う通りだ」

アライが会話に割り込んできた。

不思議に思って、首だけ振り向いた。

「それだけはっきりと自分をもって、自分自身の味方でいられる人間はすくない。私はそれをよく知っている」

「むっ……」

「さすがヘルメスですね」

「さすがマスター」

「腕だけではなく心まで強い男だ」

「えっと……」

いつの間にか姉さんの件がうやむやになったけど……。
なんかまた、よく分からないうちに評価が上がってしまった、のか？

156 自慢したがり屋

あくる日の昼下がり、天気がいいから庭でひなたぼっこをしようと思った。
今日はソフィアが来る日だけど、庭でのんびりしてたら向こうが見つけてくれるか。
そう思い、部屋を出て廊下(ろうか)を歩く。
「……ん？」
ふと、背後から小さな物音が聞こえてきた。
何者かの足音だ。
何事かと思って、振り向く。
すると、背後の目線の先にノンの姿があった。
ノンは俺と目が合うと、なぜか逃げ出して、曲がり角の物陰に隠れた。
「……？」
何かあったのかな？
しばらくそこで待ってみたが、ノンが出てくることはなかった。

アライと違って俺の血を取り込んだ状態でもないから気配もなくて、そこにまだいるのかも分からない。

「ま、いっか」

何か切羽詰まったような状況にも見えなかったし、放っておくことにした。

俺は振り向き、再び歩き出した。

玄関を目指して、そこから庭に出ようと思って歩き出した。

「むっ」

気配はしなかった。

しかし足音と、衣擦れの音が聞こえた。

歩き出した直後だが立ち止まり、振り向いた。

「わわっ！」

すると、曲がり角の物陰から出てきたノンが、慌ててまた物陰に隠れた。

「……」

見なかったことにして、振り向いてまた歩き出した。

今度は集中していたから、すぐに足音が聞こえた。

立ち止まって、振り向いた。

「あっ！」

また出てきたノンは、またまた物陰に隠れた。

「もうバレバレだから」

「な、なんのことですか？」

「いや、返事してる時点でモロバレというか、そもそもそれ以前の問題だから」

「……」

「俺になんか用があるのか？」

「うぅ……」

ノンは観念したかのように、物陰から出てきた。

フルと絡んでいた時はぐいぐいと押して、一方的に「好き好きー」ってやっていたノンだが、その元気さが見る影もなく、シュンとなっていた。

「すみません……ご迷惑でしたか？」

「迷惑というか、何か用事があるのか？」

「その……」

「うん？」

ノンはもじもじした。

何か言いたそうにしているが、恥ずかしくて切り出せない、って感じの仕草だ。

急(せ)かしてもなんなので、俺はじっと待った。

ノンはしばらくもじもじした後、おずおずと切り出した。

「何か……斬りたい、の」

「何か斬りたい？」

どういうことだ？　と小首を傾(かし)げた。

「あのね、初めて何かを斬ったの」

「……ああ」

俺は得心し、小さく頷(うなず)いた。

彼女とアライを連れて帰った時のことだ。

肉体を失い、いわば幽霊状態になった彼女とアライを元に戻すには、彼女たちの肉体――スレイヤーの剣を使って「斬る」必要があった。

その時に、俺は彼女を振るって、物を斬って肉体に戻した。

剣で物を斬る――本来は当たり前の行動だが、ノンにとってそれは当たり前ではなかった。

スレイヤーの最終形態、「フル」に繋(つな)がる「ノン」。

何も斬れない「ノン・スレイヤー」として生み出されたのが彼女だ。

「そういえば、何も斬れたことはなかった的なことを言ってたっけ」

「そうなの、何かを斬ったのは初めて」

「ふむ」

俺は、なるほどと頷いた。

ノンが微かに嬉しそうな笑顔で、さらに口を開く。

それとほぼ同時に、背後にある、玄関の扉が開いた。

「息子くんが、私の初めての人なの」

「ヘルメス、面白い魔導書を見つけてきた……よ……」

魔導書を持って、屋敷に入ってきたソフィアが固まった。

ノンの言葉を聞いて、固まってしまった。

ソフィアは俺とノンを交互に見比べて、次第に怖い顔になっていった。

「あいや、それは誤解――」

「不潔よ!!」

ソフィアは思いっきり最悪の勘違いをして、ぱっと身を翻して、屋敷から飛び出した。

「あちゃー……」

どういう勘違いをしたのか聞かずとも分かった。

しょうがないな……あとで誤解を解いとくか。

ため息を呑み込んで、ノンの方に振り向いた。

ノンは、ソフィアの登場などまったく目にも入っていなかったかのように、まったく同じ表情のまま俺を見つめていた。

「えっと……何かを斬ったのは初めてなのは分かったけど、それで何が言いたいんだ？」

「すごく満ち足りた気分になっちゃうから、もっと斬りたい、な」

「ふむ」

ちょこんと首を傾げながらおねだりをしてくるノン。

俺は少し考えた。

「斬れるならなんでもいいのか？　生き物じゃなくても」

「分からないけど、たぶん」

「分かった」

そういうことなら、別に断ることもないと思った。

☆

メイドたちに頼んで、屋敷の庭に巻き藁を設置してもらった。

別にそれじゃなくてもよかったんだが、用途を説明したら、ミデアの修行をちょこちょこ手伝っているということで、サクッと巻き藁を十数個設置してくれた。

巻き藁というのはある意味都合がよかった。

巻き藁を斬ったところで名声とか評価とか上がらないからだ。

その巻き藁の前に立って、剣の姿に戻ったノン——ノン・スレイヤーを持つ。

「それじゃ、いくぞ」

『うん、お願い』

頷いて応じて、ノンを振るって、巻き藁を斬っていった。

「む……」

手応えがものすごく鈍かった。

ただの巻き藁だが、普通に振るっただけじゃ斬れそうになかった。

ノン・スレイヤー。

何も斬れないというコンセプトで作られた人造魔剣。

普通にやっていたんじゃ巻き藁すら斬れない。

『だめ……かな』

「大丈夫だ、見てろ」

俺は息を吸って、かつて黒い服の少女にやらされた卒業試験、「豆腐で作った剣でドラゴンを斬る」くらいの勢いでノンを振るった。

何も斬れないノン・スレイヤーだが、豆腐でドラゴンを斬るくらいの力でどうにか、巻き藁を斬ることができた。

『あぁ……きもち、いぃ……』

もし人間の姿のままだったら、恍惚（こうこつ）に震えているだろう……そうと思わせるようなノンの反応だった。

ちょっとどうかとも思うが、喜んでるみたいだから、ちょっと骨は折れるが俺はそのまま巻き藁を全部斬っていった。

☆

次の日、俺はリビングでくつろいでいた。

昨日は久し振りに、五割に近い力でバンバン巻き藁を斬ったものだから、二の腕とかがパンパンになってつかれた。

今日は休もうと思った。

誰が何を言おうと、休もうと思った。

そう思ってリビングでソファーに寝そべっていたら、姉さんがニコニコ顔でやってきたのが見えた。

「うふふ」

「どうしたんだ、姉さん」

「聞きましたよ、昨日、庭での出来事を」

「庭？　…………巻き藁を斬っただけなんだけど」

そう返事して、すっとぼけた俺だが、悪い予感がした。

「あら、ヘルメス忘れたの？　私、スレイヤーのことを調べていたのですよ」

「むむ」

そういえばそうだ。

フルが現れたことをきっかけに、姉さんはスレイヤー一族のことを調べている。

かなりディープなところまで調べているみたいだ。

「うふふ、全部知っているのですよ。昨日ヘルメスが巻き藁を斬るのに振るっていたのはノン・スレイヤーですよね」

「ちょ、ちょっと待って姉さん」

俺はぱっとソファーから飛び上がった。

慌てて姉さんに詰め寄った。

「あれは違うんだ」

「何が違うのですか？」

「それは、えっと……」

俺は焦った。

メイドたちは普通に誤魔化(ごまか)せた、というか理解できていなかった。

メイドたちや、メイドたちと繋がっているミデアの目には、俺がただ巻き藁を斬った程度にしか見えなかったはずだ。

だから問題はない。

しかし、姉さんは違う。

今の反応から見ても分かるように、姉さんは正しく、認識してる。

ノン・スレイヤーでバンバン何か斬った、ということ。

それをどう誤魔化そうか、とフルに頭を回転させた――が。

コンコン。

「失礼します」

ノックの後、ミミスがリビングに入ってきた。

ミミスは俺と姉さんの前に立って、ゴホン、と咳払い（せきばら）いしてから、ちょっと嬉しそうな顔をした。

悪い予感がした、ものすごく悪い予感がした。

「待てミミス――」

「ショウ・ザ・アイギナ第三王子殿下からの使いがお見えです」

「――はぅ!!」

俺はがくっときて、姉さんを見た。

姉さんは「うふふ」と得意げな笑みを浮かべた。
仕事が早いよ、姉さん……。
姉さんはすでに、そのことを王子殿下に報告していたみたいだった。

157 上下関係

次の日の昼過ぎ、立派な作りの馬車が二台、屋敷に訪れた。

ミミスの通達を受けて、屋敷の表で出迎えると、馬車から見知った顔の兄妹が降りてきた。

アイギナ王国第三王子、ショウ・ザ・アイギナ。

同国王女、リナ・ミ・アイギナ。

カノー家にとって主君筋である二人が連れ立ってやってきた。

メイドを率(ひき)いて出迎えた俺は、一歩前に進み出て、二人に跪(ひざまず)いた。

「我が家にお越し頂き光栄です、殿下」

「久しぶりだねカノー卿(きょう)、壮健そうで何よりだ」

「そんなにかしこまる必要はない。中へ案内してくれ」

ショウもリナも、普段とちがった振る舞いをしている。

特にリナは「かしこまる必要はない」と言いつつも、本人が一番かしこまった、公式の場に出るような口調で話している。

「かしこまりました。どうぞこちらへ」

立ち上がった俺はそう言って、身を翻しつつも半身だけ二人の方に残して、屋敷へ先導するように案内した。

屋敷に入って、一直線に二人を応接間に案内する。

そしてドアが閉まって、部屋の中で三人になった途端。

「すごい！　すごいぞ！」

さっきまでのよそ行きの振る舞いとはうってかわって、ショウが興奮した表情で俺に詰め寄ってきた。

「ちょ、ちょっと待ってください、殿下。いきなりなんですか」

「そなたの姉から聞いたのだ。そなたとスレイヤーたちとの話を」

「あ、はい」

まあそうだろうな、と俺は思った。

このタイミングでこの二人が来る理由なんて他にない。

姉さんが報告した、フルやノン、アライたちの話以外あり得なかった。

ショウのきらきらとした、少年のような瞳に見つめられて、俺はため息をついた。

まったく……困ったものだ、姉さんは。

「ソーラを責めないでやってくれ」

「え？」

子供のように興奮するショウとは違って、リナは冷静な感じだった。

……いや、そうでもないな。

冷静のように見えて、リナの瞳もショウと同じように、興奮気味にきらきら輝いている。

表面上だけ、すましているって感じだ。

そんなリナが取り澄ました口調のまま続けた。

「アイギナの民、そしてアイギナ貴族として。そのことを報告しなければならない義務があるのだ」

「義務？　どういうことなんだ？」

「ヘルメスよ、そなたはスレイヤーシリーズのことをどこまで知っている？」

「えっと……」

リナの瞳からは、「まずは前提のおさらいから」と言っているように見えたから、俺は一旦頭の中でスレイヤー一族についての情報をありったけ思い浮かべてから、要約した。

「フル・スレイヤーというなんでも斬れる剣を作る計画？」

「目的についてはまさにその通り、では理由は？」

「理由？」

「そうだ、なんでも斬れる剣を作ろうとした理由」

「えっと……」

なるほどそっちか。

そっちはあまり考えたことがなかったから、俺はもう一度、改めて記憶を探ってみた。

聞いたような、聞いてないような……。

どっちにしろはっきりしなかったから、そのことを正直に答えることにした。

「そっちはよく分からない」

「そうか」

「クシフォス」

「──っ！」

リナの言葉を引き継ぐようにして、ショウの口から出てきた言葉。

その言葉に俺はビクッとした。

「どうしたんだい？」

「ごめん。その言葉はちょっとトラウマ……」

今やカノー家の家宝になっている複数のクシフォス勲章。

リナとショウからもらった、大量の勲章が脳裏に浮かんだ。

俺は軽く深呼吸して、気を取り直して、聞き返した。

「その勲章がどうかしたんですか？」

「クシフォス勲章の名前の由来は覚えているか？」

ショウが聞いてきた。

「知っているか？」ではなく、「覚えているか？」

つまり知っていて当然の知識らしい。

知らないとは言えない空気、俺はちょっと真剣に記憶を探した。

こっちはすぐに見つかった。

「えっと……『護国の聖剣』でしたっけ」

「そう、かの聖女王、セレーネ様が振るっていたと伝えられる、アイギナの国宝たる聖剣クシフォス。それがクシフォス勲章の由来だ」

「由来が聖剣だから、軍功などに授与される」

「確か――」

俺は言いかけて、やめた。

そのあたりの話は、カノー家の初代、ナナ・カノーが深く関わっている。

そのことも思い出したが、言葉をぐっと呑み込んだ。

試練の洞窟、ボロ剣、七つの裏コイン。

初代と関わるとろくなことにならないから、その名前はぐっと呑み込んだ。

言いかけたせいで、ショウとリナは「？？？」な感じの顔で見つめてきたが、俺はすっとぼけて、話を本題に戻した。

「そのクシフォスとスレイヤー一族に関係があるんですか？」

「ああ、そうそう」

ショウは思い出したかのように、話を続けた。

「つまり、我が国も開発に深く関わったってことだよ。クシフォスは権威を失墜させてはいけないから戦場に持ち出せない、でもそれに代わる力は欲しい。だからクシフォスと似たような力を持つクシフォスの代わりになる無名の剣を——ってね」

「ああ……」

俺は小さく頷き、ショウの説明に納得した。

なんともまあ、難儀なことだ。

例えばなんかの競技で、ある人間が勝ち続けたとしよう。

最初の頃は連戦連勝とどんどんやっていけるものだが、次第に試合に出ること自体が難しくなってくる。

普通の人間にとっての一敗と、例えば一〇〇連勝した後の一敗とじゃわけが違う。

気軽に出てあっさり負けたんじゃ、まわりの人間が納得しない。

伝説にさえなった護国の聖剣クシフォス。

なるほど、そりゃ聖域として祭り上げたままにして、代わりを作った方がいいよな。

平時に聖剣が出て変なヘマをしたんじゃ、権威に傷がつくもんな。

「それがスレイヤー一族ってわけですか」

「うん、もっとも。アイギナは途中で手を引いたけどね」

「なんで？」

「完成形となるフル・スレイヤーが一点物だったからだ」

「……？」

リナの答えに、俺は首を傾げた。

確かにフルはオンリーワンの存在だが、それがなんで手を引く理由になるんだ？

むしろ強いからいいんじゃないのか？

そんな俺の疑問を見抜いて、ショウが答えた。

ただし、困ったような顔で。

「一点物だとね、結局はそれも伝説になっちゃうんだ。フル・スレイヤーという新しい伝説に」

「……ああ、兵に持たせるレベルの、大量生産のそこそこ強い武器が欲しかったわけですか？」

「そういうことだね」

「ちなみにそれは当時の判断。今だとまた違ってくる」

「え？」

ちょっと驚いて、リナの方を見た。

「いや、よく考えたらそれでも問題はなかった、ということだな」

「どういうことなんです？」

「簡単な話だ。思い出せヘルメス、この話の本来の目的を」

「……ああ」

俺はハッとして、ポンと手を叩いた。

話の本来の目的――聖剣クシフォスの「格」を維持するということ。

それが目的なら。

「フル・スレイヤーがいくら有名になっても、クシフォスにだけは劣っている、ってすればいいのか？」

「そういうことだ」

リナが頷き、ショウがにこりと微笑む。

「アイギナ王国にとってクシフォスは絶対不可侵の神聖な存在だけど、スレイヤーはそうではないからね」

「クシフォスには劣るのが大前提。そして何かに劣るのであれば完璧ではない、ならば実用性には何ら問題も生じない」

「なるほど」

「このことを、すぐにアイギナの中枢は気づいた。それで代替わりしたタイミングで取り戻そうとしたけど、その時はもう関係が完全に断たれて消息がつかめなくなったらしいのだ」

「と、いうわけで」

ショウはニコニコ顔から真面目な顔になって、俺を見つめた。

「そのスレイヤーシリーズの持ち主がヘルメス・カノーであることを公認させてもらいたいんだ」

「むっ……」

公認というのはいやだ。

なんだかものすごくいやだ。

ものすごく――面倒臭いにおいプンプンだ。

「されなきゃ……だめですかね」

おそるおそると、うかがうように聞いてみた。

「できれば、お願いしたい」

ショウとリナはまっすぐ俺を見つめた。

俺は再び「うっ」となった。

これはちょっと困る。

そして――ずるい。

まだ、「命令」された方が気が楽だ。

　そんな風に困っていると、ショウはそれを汲み取るような形でさらに言ってくる。

「大丈夫、公認するだけだよ。王国から『スレイヤーでなになにしろ』とは言わないから」

「え？　それでいいんですか？」

「もちろん、約束した報酬とかは受け取ってもらうけど」

「報酬？」

「スレイヤーシリーズ完成、実戦投入可能な状態まで持っていった暁には——という、王国としての約束があるんだ」

「ああ……」

　そりゃあ……あるだろうな。

「だからそれだけでも受け取ってほしい、王国にも体面ってものがあるからね」

「むむむ……」

　俺は迷った。

　少し考えてから、聞いた。

「本当に何もしなくてもいい？」

「うん」

「我らの名に誓おう」

「……分かった」

俺は諦めて、頷いた。

それくらいのことなら、まあ、と思った。

ショウとリナとの関係にひびを入れてまで固辞するようなことじゃないと思った。

「そうか！　ありがとう!!」

ショウは両手で俺の手を握って、大げさにぶんぶんと上下に振った。

リナはその横でニコニコ微笑んでいる。

「フルたちで何もしないからな」

「うむ、全てはそなたの好きなようにしてもらっていい。ヘルメス・カノーがスレイヤーシリーズを持っている、という事実だけで十分だ」

「はあ……」

なんだかうまく乗せられたかも……と、ため息を漏らしてしまうのだった。

☆

数日後、書斎の中。

俺がオルティアの写真集を読んでいると、ドアがパン！　と乱暴に開け放たれた。

現れたのはミミスだが、なぜかものすごく慌てている。

「た、大変です、ご当主様！」

「どうしたんだ？」

写真集を机の上に置いて、ミミスに目線を向ける。

「これを！」

そういって、ミミスは箱をさし出してきた。

「――っ！」

箱を見た瞬間、心臓がはねた。

背中からいやな汗がどっと噴き出した。

見覚えのある箱だった。

クシフォス――勲章が入った、箱。

これまで何度も目にしたことのある、アイギナ王国最高叙勲(じょくん)のクシフォス勲章が入った箱だ。

「殿下からまた贈られてきました！」

「なんで!?」

「それはこっちの台詞(せりふ)です！　今度は何をなさったのですか!?」

「何もしてないのに!?」

悲鳴のような声を上げた後、ハッとした。

約束の報酬。

リナは確かにそう言ってた。

その約束の報酬がこれ？

スレイヤーシリーズの作り手にはクシフォスの勲章を与えて、クシフォスとスレイヤーの上下関係をはっきりさせた……？

繋(つな)がってみれば納得のいく話だった……のだが。

「おっふぅ……」

もう何個もらったかも分からないクシフォス勲章を見て、また評判が上がってしまうじゃないか、と。

俺はがくっときてしまうのだった。

158 八つ当たりはダメ

どーん!!!

「ぶげぴっ！」

庭に安楽椅子を出して、いつものようにのんびりくつろいでいると、なんの予兆もなくいきなり腹に衝撃が来た。

内臓が飛び出るかと思うくらいの衝撃に、目の前が真っ白になってチカチカした。

「な、何をするんだ……」

「えへへー」

悶絶しながら、徐々に戻っていく視界の中に犯人の姿をとらえる。

体当たりをした後、そのまま俺の腰にしがみついてきたのは、いつものごとく悪びれないカオリだった。

彼女はニコニコした表情で、俺にしがみついたまま、見上げてくる。

『甥っ子ちゃーん、遊ぼうなのだ』

「え？」

聞こえてきた声に、俺は困惑した。

声はカオリのものだったが、目の前のカオリからではなく、遠方から聞こえてくるものだった。

念の為にカオリの顔を見ると、彼女はニコニコしたままで、口を開いた様子はない。

「なんだ、今の声は」

「今の声？」

「遠くから聞こえてきたけど？」

「うーん、ああっ」

カオリはすこし体を上げて思案顔をしてから、ポンと手を叩いた。

「私の声なのだ」

「それはなんとなく分かる」

「よくあることなのだ。甥っ子ちゃんを見つけた時に叫んだ声が遅れてやってくるのだ」

「……」

……。

…………。

……………。

「音速を超えた体当たりするんじゃありません!!」

あまりにも想像外のことに理解が遅れた。

ようやく理解が追いついて、思いっきり突っ込んだ。

要は、雷によくあるあれだ。

ピカッてなって雷が落ちたのが先に見えて、その数秒後に雷鳴が遅れて聞こえてくる現象。

つまり、カオリの突進は本人の声よりも遥かに速かった。

……そしてその突進で俺の腹にタックルしてきたわけだ。

いつか死ぬぞ、これ。

「だめなのだ？」

ちょっとだけ本気になった俺の突っ込みだが、カオリは小首を傾げて不思議そうに見上げながら聞いてきた。

「だめだ」

「うーん、分かったのだ。じゃあ今度からは音と同じくらいの速さに抑えておくのだ」

「それでもまだ速いよ!?」

「じゃあ音よりちょっと遅いくらいならいいのだ？」

「まだまだ全然速いから！」

カオリからすれば少しずつ譲歩しているのだろうが、魔王基準でそんなちびちび譲歩されても困る。

無意識の時にそんなことされたら体が持たない。

「だめ……なのだ？」

「……はあ」

俺はため息をついて、諦めた。

これ以上言ってもしょうがないだろうな。

身構えている時に、この魔王は来ないものだ。

「分かった、音よりちょっと遅いくらいだぞ」

「うん！」

カオリは俺にしがみついた。

まったくしょうがない。

まあ、音が先に聞こえるんなら、後はどうとでもするしかない。

それはそれとして、一応釘を刺しておこうか。

「あと、俺以外の人だったら死んでるからな、これ」

「それなら大丈夫なのだ」

釘を刺した俺に、カオリは自信たっぷりに言い放った。

「お母様の言い付けなのだ、自分より弱い人は相手にしないのだ」

「ああそうだったね」

俺は諦め気味に笑った。

うん、そういえばそうだった。

目の前にいる幼げな少女は、見た目通りの年齢ではない。

それどころか人間ですらない。

コモトリアの女王、魔王カオリ。

人間を遙かに超越した生き物、魔王という生き物。

おそらくは地上最強の生き物である彼女は、小指でデコピンをしただけで簡単に人間の頭蓋骨を跡形もなく吹き飛ばすことができる。

その気になれば一日で地上全ての生き物を消滅させられそうな魔王は、母親の遺言を律儀に守っていて、魔王と同格じゃない——弱い人間にはけっして手を出さないでいる。

そのかわり、普通の人間よりもちょっとだけ強い俺のことを気に入って、いつもじゃれてくる。

それはちょっと困りもんだが……断り切れないし本気で断ろうとしたらそっちの方が面倒臭くなりそうだから、しょうがなく付き合ってあげている。

「甥っ子ちゃん甥っ子ちゃん、今日は何をして遊ぶのだ？」

「このままひなたぼっこなんてのはどうだ？」

「それもいいけど、もっと体を動かす遊びがしたいのだ」

「うーん」

　さて、どうするかな。

　こう言い出したら、もうテコでも動かないのがカオリだ。

　付き合って、ある程度体を動かしてやらないと収まりがつかないだろうな。

　何か適当なのはないかな、と頭を巡らせている。

「息子ちゃん——あれ、お客様ですか？」

　屋敷の方からノンがやってきた。

　ノンは一直線にこっちに向かってきたが、俺にしがみついているカオリを見て、何かを言いかけてやめた。

　カオリのことをどう説明しようか、と思っていると、そのカオリが顔を上げて、ノンをちらっと見てから。

「おー……」

「どうした」

　カオリが珍しく感動した目で何かを見ていた。

　人間にはほとんど興味のない魔王、彼女がこういう目をするのは彼女が気に入った相手——シリアルナンバー持ちの下僕(げぼく)を見る時くらいだ。

ノンを相手になんで？　って不思議に思った。


「お姉様のパチモノなのだ、久しぶりに見るのだ」

「お姉様のパチモノ？　……ああ、魔剣の」

「そうなのだ、ひかりお姉様のパチモノなのだ」

「ふむ」

「あなたは……どなたですか？」


ノンが不思議そうにした。

カオリはパッと飛び上がって、ノンの前で腰に手を当て、ない胸を反らせてふんぞり返った。


「私は魔王なのだ！」

「魔王!?　あ、あの？」

「知ってるのか、ノン」

「はい……」

「もちろんなのだ、私もパチモノを作るのに協力していたのだ」

「へえ……ああ、デビル・スレイヤー、だっけ」

出会った頃に、フルから聞いた固有名詞を思い出した。

魔王——魔族。

それを斬るための剣、デビル・スレイヤー。

それに協力していたというのは、いかにもある話。

——だと、思ったんだけど。

「違うのだ」

「違う？」

「マオウ・スレイヤーなのだ」

「そっち!?　ってかピンポイント過ぎる！」

「と、一点特化しないと魔王にとてもたちうちできなかった、と、聞いています」

ノンがおずおずと答えた。

「ああ、なるほどね」

なんとなく理解できた気がする。

カオリが、魔王が飛び抜けた存在だから、一点集中しないとダメだったんだな。

「お前、すごいな」

「え？　なんのことか分からないけど、そうでもあるのだ」

「そういえばマオウ・スレイヤーはどうなったんだ？」

ある意味、他の「スレイヤー」よりも行く末が分かりやすかった。

たった一人を相手に生み出された存在なら、その相手であるカオリに聞けばいいだけのこと。

なんとなく気になって聞いてみた、が。

「むしゃくしゃしたから粉々に砕いたのだ」

「ええええ!?　やったのか？」

「そうなのだ」

「母親の言いつけは？」

「剣は物なのだ、だからいいのだ」

「……ああ」

俺は苦笑いした。

それは、何度も聞いたことのある言い分だった。

カオリの母親、前魔王はカオリにある言いつけを残した。

自分と同格の存在以下には手を出すな、という言いつけを。

カオリはそれを守っている。

魔王は最強で、同格の存在なんていなかったから、今まで人間には手出しを一切してこなかった。

国で反乱や暗殺とかがあっても、傷一つつかないから反撃すらしないという徹底っぷりだ。

そのかわり、むしゃくしゃした時は物に当たる。

……物に当たる、っていえば可愛(かわい)らしいが、カオリの場合それも規格外だ。

むしゃくしゃしたら森を燃やしつくす。

むしゃくしゃしたら湖を蒸発させる。

むしゃくしゃしたら山を吹っ飛ばす。

そんな風に、むしゃくしゃした時の八つ当たりでさえ規格外なのだ。

カオリからすれば「人間はダメ、物はいい」ってなってる。

だから剣であるスレイヤーはいいっていう、彼女の中では一応の理屈が通っている。

もちろん、俺からすればそれは「違う」んだが。

だから、釘を刺した方がいいかもしれないなと思った。

「ふふっ……古傷がうずくのだ」

もとい、釘を刺しとこう。

「カオリ、ダメだからな」

「何がなのだ？」

「ノン……彼女に八つ当たりとか」

「ほへ？」

カオリは驚いた顔で俺を見た。

何を言ってんだこいつは、って時の顔だ。

「ちがうのか？　だったら今の古傷どうこうってのは？」

「ああ、それはお父様に教わったのだ。こういう時、風に吹かれながら『ふっ、風が吹くと古傷がうずく』ってすると格好いいって教えてくれたのだ」

「またあの男か、一体なんなんだよ、御先祖様よ！」

カオリの話にちょこちょこ出てくる、彼女にわけの分からないことを教えている父親、俺の御先祖様。

あの世とかでばったり会えたら、はっ倒してやりたい気分だ。

俺は気を取り直して、カオリにまっすぐむいて、言った。

「とにかく、ノンに八つ当たりはダメだ、いいな」

「うーん、うん、分かったのだ」

カオリは少し考えて、無邪気に大きく頷いた。

「甥っ子ちゃんがそう言うのなら、ちょっといやなことをされたとしても我慢するのだ」

「よし」

意外と聞き分けがよかったカオリ。

それで俺はちょっとだけホッとしたのだが。

「もう大丈夫だ」って意味合いを込めて、ノンの方を振り向いたが――びっくりした。

ノンが、死ぬほどびっくりしてる顔でこっちを見てるからだ。

「どうしたんだ？」

「あ、あの魔王が……」

「え？」

「マオウちゃんを砕いた時は、施設のある山ごと吹っ飛ばして手がつけられなかった魔王が、言うことをきくなんて……すごい」

「あっ……待て待てノン、今のなし――」

「フルちゃんとアライちゃんに教えて上げないと！」

「待てぇぇぇ！」

止める間もなく、ノンは興奮した様子で駆け去っていった。

ノンが吹聴（ふいちょう）したそれは瞬く間に屋敷中に広まってしまったのだった。

「おおぅ……」

159 悲しみを斬る

「……」

「……」

娼館（しょうかん）の中、目の前にはいつものオルティア。

しかしいつもと空気が違っていた。

微妙な空気が流れてて、俺とオルティアは苦笑いを浮かべて見つめ合っていた。

普段ならのんびりと、まったりとくつろぐ空気になってたけど、今日はその正反対で、オルティアが明らかに困ってて、俺もそれにつられて困っていた。

その原因になったのは、部屋の中にいる第三の存在。

なぜかここまでついてきたフルだ。

フルは、俺とオルティアから少し離れたところでちょこんと座っている。

身じろぎ一つせずに、それどころか視線さえも動かさずに、ちょこんと——しかしじっと座っている。

しばらくそうしていたが、オルティアがたまりかねて聞いてきた。

「ねえヘルメスちゃん、あの子、何？」

「あー……」

さて、どう答えるべきかと俺は迷った。

傍(はた)から見れば、若い女の子を連れて娼館に来たということになる。

さすがにそれはまずいよなあ。

「悪いな、女連れて娼館くるやつなんていないよな。そりゃ困る――」

「ううん、それはいいんだけどね」

「え?」

「そういう人、結構いるから」

「いるのかよ!!」

「うん、いるよ」

声が裏返ってしまうほどの勢いで突っ込んではみたが、フルの件とはうってかわって、オルティアは実にあっけらかんと言い切った。

まるで何か当たり前のことを話すかのように。

それにはさすがに驚いた。

「え？　まじなの？　なんで？」

「理由は色々あるけど、聞きたい？」

「色々？」

「うん、色々」

「……」

俺は少し迷ったが、好奇心が勝った。

「例えばどんなのがある？」

「そだね……」

オルティアは床に座ったまま、頬に指を当てて視線は天井へ向けて、思案顔をした。

「一番健全なのと、一番不健全なの、どっちがいい？」

「何そのいい知らせと悪い知らせみたいな」

オルティアの言い回しに苦笑いした。

そして、さらに迷った。

なんだか怖いから、ここはまず――。

「じゃあ健全なので」

「教育」

「教育？」

「うん、嫁入り前でね、何も知らないと困るから、父親とかお兄さんとかがここに連れてきて、見て覚えさせるの」

「いや、それもたいがい不健全だろ」

目的は理解できんこともないが、やり方が何か間違ってる。

「そう？　でも男の子の初体験に私たちが相手することよくあるじゃん？」

「むっ……」

「それで見るだけの女の子がダメって理由もないじゃん？」

「まあ……そう、かな？」

不思議なことに、オルティアの理屈が正しいように思えてきた。

冷静に考えれば「おいおいちょっと待てよ」といくらでも突っ込めそうだが、なんとなく正しいように思えてきた。

健全でこれなら……と、もう一つの不健全の方が怖くなってきた。

怖くなったけど、オルティアの語り口のせいか、怖いもの見たさ的な意味で気になってしまった。

俺は身構えつつ、おそるおそる聞いてみた。

「ちなみに……不健全だとどうなるんだ？」

「壊して――」

「オッケーそこまでだ」

「体だけ――」

「あーあー聞こえない」

耳をパタパタ叩いて、声を出して主張する。

出だしでもう既にヤバいにおいしかしない話を先んじて制して、やめさせた。

そもそも「不健全」だし、何がどう転がってもまともな話にならなさそうだから聞かない方がいい、知らない方がいいと思った。

「あはは、ごめんね。変なこと言っちゃって」

オルティアはあっけらかんに笑いながら、話をそこで終わらせて、視線を改めてフルの方に向けさせた。

俺とオルティアがこんなやり取りをしている間も、フルは身じろぎ一つせず、こっちをただじっと見つめているだけだった。

「女の子を連れてくるのはいいんだけど、あの子はなんで？　ヘルメスちゃん、そういうの好きじゃなさそうだし、そもそも――」

オルティアは言葉を呑み込んだ。

その先の言葉は言わなくても分かるから、あえて言わないでおいた感じだ。

「えっと……実は、彼女は剣なんだ？」

「ヘルメスちゃん、大丈夫？」

オルティアは心配そうに、俺のおでこに手の平を当てて、熱を測る仕草をした。

「そうくるよな。でもいたって正気だし、本気だ」

「ありゃ？」

「で、剣だから、道具だから。出かける時は一緒にいる、って理屈でついてきたんだ」

「ふむふむ、ヘルメスちゃん、ここ来る時も剣をいつも持ってるよね」

「ああ」


俺は小さく頷（うなず）いた。

今までも、初代当主ナナ・カノーのボロ剣を持ったまま遊びに来てる。

だから「剣を持ったまま来る」という話に限って言えば、オルティアにとってはそれほど突（とっ）飛（ぴ）な話じゃなくなってしまう。


「そかそか、うん、分かった」

「あっさり納得するんだな」

「いろんな男の人見てきたからね」

　オルティアはそう言いながら、ウィンクを飛ばしてきた。

「それくらいならまだまだ」

「そうなのか？」

「うん、女の子を物扱いする男の人はそんなに珍しくないよ。マイノリティー界のマジョリティーだよ」

「違うからな⁉　俺が物扱いしてるんじゃなくて、向こうが物って自称してるからだからな」

「分かってる分かってる、そういう風に調教したんでしょ」

「うがー！」

　まったく分かっていないオルティア――いや。

「うふふ、冗談よ、冗談」

　彼女は婉然と笑って、俺の懐の中に飛び込んできた。

　ぬくもりと柔らかさが伝わるくらいに体を寄せて、胸板のあたりを指でなぞりながら、吐息混じりの声でささやいた。

「ヘルメスちゃんはそういうことしないって、分かってるから」

「うっ……」

「なんだかんだで女の子の気持ちを大事にしてくれるもんね」

「むむむ……」

いきなりしっとりな空気を出してくるオルティア。

正直、この空気がちょっと苦手だった。

のんびりするのは好きだけど、こういう空気は苦手だ。

この空気をどうにか断ち切れないものかと、何か会話のとっかかりはないものかとまわりを見回した。

ふと、フルが目に入った。

オルティアとこうしてしっとりな空気を醸し出しているのにもかかわらず、身じろぎ一つせずに座っているフル。

フル・スレイヤー。

全てを斬れるという、人造魔剣。

「……すべて」

……。

俺は密かに手を突き出した。

フルに向かって手を突き出して、目線で訴えた。

剣になってくれ、と。

フルはその意図を汲み取った。

軽く腰を浮かせると、そのまま剣へ変形していった。

普通の人間が座っている状態から立ち上がる——その程度の仕草で、途中から剣の姿になった。

そして、剣になったフル・スレイヤーは俺の手の中にあった。

俺はそれを握り締めて、目を凝らす。

「……見える」

「ヘルメスちゃん？」

手首をぐるっと半回転させて、フルの刀身で弧を描いた。

見えない何かを斬る、そんな感じにグルっと半回転。

すると、手応えはあった。

何も見えないけど、手応えはあった。

次の瞬間、空気が、一変する。

「そうだ！　ねえヘルメスちゃん、一生のお願いが、いたたたたた——」

いつもの空気に戻ったオルティアに、とりあえず安堵のこめかみグリグリをしてやったのだった。

☆

夕方に戻ってきて、敷地内に入って、屋敷に向かって歩く俺。

俺は横についてくる、フルと会話をしていた。

「『雰囲気（ふんいき）』も斬れるんだな」

「もちろんです、マスター。私は全てを斬るフル・スレイヤーです」

「ふむ」

俺は小さく頷（うなず）いた。

全てを斬るフル・スレイヤー。

物質的なものじゃなくて「雰囲気」みたいなものも斬れるのは予想外だった。

「イマジン・スレイヤーのことをお話ししたと思います」

「ああ、聞いたっけ。ああそうか、お前にいたるまで、幻想とか、そういうのもやってたのか」

「はい、その通りです」

「なるほどな」

完全に納得して頷く俺。

予想外だけど、純粋にすごいって思った。

屋敷の中に入った瞬間。

「むっ」

俺はそれに気づいた。

今朝までだったら気づかなかっただろうこと。

はっきりと、屋敷の中に「悲しみ」が見えた。

オルティアの出していた空気と同質のもので、悲しみのもの。

それが屋敷の中に漂っていた。

「何かあったのか?」

疑問に思いつつ、「悲しみ」を追いかけていく。

すると、屋敷の奥まったところの、メイドたちのたまり場にやってきた。

空気がさらに重く、「悲しみ」が濃くなった。

「どうしたんだ?」

「あっ、ヘルメス様」

メイドたちがこっちを一斉にむいた。

そのうちの一人、よく見る眼鏡(めがね)のメイドが悲しみの発生源だって気づいた。

「何かあったのか?」

「すみません、その……曾祖父(そうそふ)が、なくなったので」

「むっ、そうなのか?」

「それであたしたち慰めてるんです。ねっ」

「そうです。この子のひいおじいちゃんは一〇一歳だったので、大往生(だいおうじょう)だからそんなに悲しむことはないって」

「なるほど」

俺は眼鏡のメイドを見た。

同僚たちが慰めていても、やはり悲しそうにしてる。

目も真っ赤に泣きはらして、見てて痛々しい。

「……フル」

「分かりました」

名前を呼ぶと、フルは意を汲んで剣になった。

メイドたちが驚く中、俺はフルを振り下ろした。

一回意識したら見えるようになった感情、空気。

「悲しみ」を斬った。

「悲しみ」は瞬く間に霧散した。

「そうですよね、むしろ笑って送り出さないとですね」

眼鏡のメイドから悲しみが払われ、パッと表情が明るくなった。

その変貌（へんぼう）に、慰めていた同僚のメイドたちが驚いた。

まあ、これで立ち直れるだろう。

一〇一歳の大往生にあまり悲しんでるのも——

『さすがです、マスター』

　フルが剣のまま、俺を称(たた)える言葉を放ってきた。

「うん？　何がだ？」

『悲しみを断ち切るのは一番難しかったのです、それをいとも簡単にやってのけたのはさすがマスターです』

「え？　いやお前はフル・スレイヤー、なんでも斬れる剣なんだろ？」

『はい、それができます。しかし実際にできるかどうかは持ち手の技量によります』

「へ？」

『マオウ・スレイヤーは魔王を斬れずに砕(くだ)かれました』

「あっ……」

　俺はハッとした。

　そ、そういうことか
『さすがマスターです、世界一の使い手です』

「おおぅ……」

　早とちりから、またやらかしてしまったようだった。

160 噂も斬れる

ある日の昼下がり、今日こそがっつりだらだらしようと決意して、庭に出した安楽椅子でゴロゴロしていたところに、姉さんがやってきた。

日差し避けのために顔に被せていただけの本をどかすと、姉さんの真剣な顔が目に飛び込んできた。

何かあったのか？　そう思いながら、体を起こして姉さんと向き合う。

「どうした、姉さん」

「少し話があります」

「話？　いいけど……何？」

「ヘルメス……」

姉さんはさらに真剣――いや深刻そうな顔をした。

貴婦人がよくする、おへその下あたりで手を組むあの仕草も、よく見れば組む手に力が入っている。

なんの話をするんだ——と、思わず身構えた。

「もっと、HHM48（ヘルメスハーレムフォーティーエイト）と過ごす時間を増やすのです」

「……はい？」

「ですから、もっとHHM48と過ごす時間を増やすのです」

「えっと……姉さんが仕切ってるあのハーレムの子たちのこと？」

「そうです」

姉さんははっきりと頷（うなず）いた。

俺は戸惑った。

姉さんの表情や仕草は深刻そのもので、何か重大な事件でも起きたのかと思った。

それで身構えていたら、まったくそうじゃない、どうでもよさそうなことを言われた。

「なんだそんなことか」

「なんだそんなことか、ではありません。いいですかヘルメス、彼女たちは正室ではありません、ハーレムなのです」

「お、おう」

「正室ならばそこは家と家との結びつき。義務感から年に一度だけあっていればいい——というのでしたらそれもいいでしょう。……しかし！」

姉さんは一度溜めて、さらに力説した。

「ハーレムはそういうものではありません。正室とそれほど会わなくても誰も不思議には思いませんが、ハーレムを作ったのに会わないのは不自然です」

「うーん、そもそも俺が作ったわけじゃないしなあ」

姉さんの言い分に、俺はちょっとだけ困ってしまった。

ＨＨＭ48はそもそも、姉さんが一方的に作って、一方的に俺に押しつけたものだ。

それが嬉しいか嬉しくないかといえば、やや、嬉しい寄りだ。

姉さんがしっかりと言い聞かせたＨＨＭ48の女の子たちは、俺のことをちやほやしてくれる。

望めばちょっとの間は何もしなくてもいいくらい、何から何まで至れり尽くせりでやってくれる。

だけどそれはちょっとだけの間。

ハーレムっていうからには、そこに色々やっかいなこともある。

例えば膝枕で耳掃除(みみそうじ)をやってくれた場合。

してくれた子にさらっとお礼を言う。

その「お礼」の言葉が、女の子たちのあいだのマウント合戦に繋(つな)がることもある。

それが面倒臭(めんどうくさ)くて、ＨＨＭ48からなんとなく遠ざかっていた。

それを姉さんがもっと会えって言ってきてるわけだ。

「むむむ」

「何がむむむですか」

「いや、でもなあ」

「……ねえヘルメス、あなたもしかして」

「え？」

「ほ――」

「違うから！」

俺は速攻で否定した。

それはさすがにってことで速攻否定した。

「俺は女の子の方が好きだぞ！」

「本当ですか？」

姉さんはジト目で俺を見つめてきた。

「そもそも、オルティアのところにちょこちょこ通ってるだろ？」

「あれがカモフラージュという説もあるのですよ」

「へ？」

カモフラージュって……。

「いやいや、なんでそうなる！」

「あの子、口が堅いのです」

「口が堅いって、オルティアが？」

「ええ」

「まあ……そうだな」


それはなんとなく分かる。

オルティアはノリが軽いが、口が軽いわけじゃない。

むしろ娼婦（しょうふ）としての自分に誇りを持っているみたいだ。

娼婦として、客のことをベラベラとしゃべることをよしとしない、ってことなんだろう。

「口が堅いから、カモフラージュの相手として最適だ、とまことしやかにささやかれているのです」

「なんでそうなるのぉぉ!?」

思わず声を張り上げた、裏返ってしまった。

「誰だよ！　そんな無責任な噂（うわさ）を流しているやつは」

「誰かも分からないくらい定説となりつつあるのです」
「うそーん！」
それはまずい。
まずいまずいまずい。
他人がそうだとしても別にどうとも思わない。
そういうのは人それぞれだ。
究極的にいってしまえば、それは「好き嫌い」の問題だ。
だから他人がどういう好き嫌いになってるのか、男が男を好きだとか。
そうだったとしても何も思わない。
でも、俺がそう思われるのは絶対にいやだ。
だって、それは絶対に。
実害が、出るから。
そもそも俺は貴族の当主だ。
姉さんのＨＨＭ48しかり、オルティアの娼館のところ然り。
まわりがいろいろ忖度するもんだ。
普通だったら、姉さんのように女の子を押しつけてくる。
それはいい。

でも俺が男が好きって噂が流れて、それが公然の秘密みたいなことになってしまうと、まわりが勝手に気を利かせて男を押しつけてくる。

それは絶対にだめだ、絶対にいやだ。

好き嫌いの話で、俺は女の子の方が好きで男は絶対にない。

どうしようどうしようどうしよう。

既に広まりつつある噂をどうすればいいんだ。

「……あっ」

「どうしたのですか、ヘルメス」

「……いける！」

「ヘルメス！」

俺はパッと飛び上がって、屋敷の中に飛び込んだ。

☆

数十分後、俺は空の上にいた。

ピンドスの街を一望できるほどの高さ、雲の上にいた。

ピンドスを見下ろしながら、右手にはフルを構えている。

「よし、見えた」

見下ろすピンドスに、「噂」が見えた。

空気とか気分とかそういうのと同じカテゴリーで、少し前までは見えなかったもの。

それがはっきりと見えた。

まるで虹色のようなそれが、今でも徐々に広まっている。

「こんな噂、断ち切ってやる！」

俺はフルを構えて、振り下ろした。

形のないものを斬る、全てを斬れるフル・スレイヤーの斬撃。

その斬撃が、街をまさに覆い尽くさんとする、俺の噂を断ち切った。

虹色のそれははじけ飛んで、徐々に薄まって、跡形もなく消し飛んだ。

「……よし！」

「噂」が消えたことに、俺は安堵した。

この時、俺はちょっとパニックになっていた。

パニックになって、フルで噂を断ち切った。

後で我に返った時にはもう手遅れだった。

街中の何かの噂を一瞬で消し飛ばしたということで、また評価が上がってしまうのだった。

161 タピオカの封印

あくる日、俺はピンドスの街中をぶらついて回った。

相変わらず街には活気があふれていて、ただ歩いてるだけでも結構楽しい。

「おっ？」

ふと、前方に長い行列が見えた。

目算だけでも五十人近くは並んでいる。

しかも並んでいるのは九割方若い女の子だ。

なんで並んでいるのかが気になった。

俺は行列をスルーして、先頭にある店の方に向かった。

「これはなんの店だ？」

「あっ、領主様」

店の店主が俺に気づいて、手を止めてこっちを向いた。

「手を止めなくても大丈夫だ。それよりもこれはなんだ？　大人気じゃないか」

言いながら、ちらっと長い行列を見た。

すると、店主が「儲かりすぎて困る」的な、困ったような笑顔を浮かべながら答えてくれた。

「領主様ご存じない？　最近流行りのタピオカですよ」

「たぴおか？」

「はい！　古代遺跡から見つけたレシピでね、前のどら焼き以来の大ヒットになったんですよ」

「へえ」

ちょっと興味を持った。

どら焼きは、俺が領主になったばっかりに流行ったものだ。

あれもそういえば、古代遺跡から発見されたレシピで作られたものだったな。

どら焼きはかなりうまかった。

アレと同じ流れなら……この「たぴおか」とやらも興味がそそるな。

「ならぶか……フルはどうだ？」

俺はそう言って、列の最後尾の方に並び直すように移動しつつ、これまでずっと、無言で後ろについてきていたフルに聞いた。

街中をぶらついてる間も、フルはずっと、無言で後ろについてきてた。

「どう、とは？」

今も列の最後尾に移動する俺についてきながら、まったく変わらない表情で小首を傾げていた。

「フルも食べるか？」

「私は食物を摂取する必要がありません、マスター」

「でもできるんだろ？」

そう言いながら、ちらっと店の方、そして並んでる女の子たちを見た。

みんなワクワクしているような、楽しんでいるような表情をしている。

「たぴおか」とやらがどういうものなのかはまだ分からないが、この様子を見るに女の子好みのデザートの一種だろう。

だからフルにも聞いてみた。

「必要ありません、マスター」

「うーん、そか」

フルがそう言うのなら、と俺は引き下がった。

本人がいいって言う以上、無理してまですすめる必要はない。

そのままついてくるフルと最後尾に回った——その時。

「あっ……」

「ソフィア……」

「——っ！」

俺の顔を見たソフィアは血相をかえて、逃げ出そうとした。

とっさにソフィアの手をつかんだ。

「は、離して！」

「いや、並ぶつもりだったんだろ」

「そ、それは……」

「並ぼうぜ、なっ」

「うう……」

ソフィアは呻きつつ、恨めしい目で俺を見つめてきた。

彼女はしばらくまよったそぶりを見せた。

周りにいる、他の並んでいる客に訝しげな目で見られたソフィアは、やがて観念したかのようにため息をついた。

「分かったわよ……」

そう言って列に並ぶ。

だから俺は手を離して、一緒になって並んだ。

ちなみにフルは同じようにすぐに後ろについてきて、同じように列に並ぶ形になった。

列に並ぶと、少しずつ進んでいく。

同じように列に並んでいるまわりの女の子たちがキャイキャイしているのを眺めつつ、ソフイアに話しかける。

「こういうのが好きだったんだな」

「え？」

それまでうつむき加減だったソフィアが顔を上げた。

驚いた表情だ、「何を聞いてんの？」と言わんばかりの顔だ。

俺はちらっと行列の方を見た、ソフィアも俺の視線を追いかけて列を見た。

たくさんの女の子がキャイキャイしているのを見て、ソフィアはハッとした。

すると、驚いた表情がみるみるうちに変わっていき、恥ずかしいのか真っ赤になった。

「ち、ちがうわ！　そんなんじゃないわよ！」

「ちがう？」

「そうよ！　これは——その、そう、研究よ」

「研究？」

俺は首を傾げた。

列がまた一つ進んで、ソフィア（とフル）と一緒に一歩前に進んだ。

「そうよ。古代遺跡の研究なのよ」

「どういうことだ？」

「ちょっと前から流行ってたもの、どら焼きとかブルマとか、これら全部、古代遺跡から発見されたものよ」

「ああ、どれもちょっと聞いたことはあるな」

「不思議なものなのよ、どれも。普通、古代遺跡から発掘されたものって聞いたら、ヘルメスはどんなのを想像する？」

「そりゃ……」

俺は少し考えてから、答えた。

「失われた魔法とか、伝説の武器とか、かな」

「そうよ、そういうものばかりなんだけど、最近のものはちがう。どら焼きは乱暴にいっちゃうと小麦粉とあんこだし、ブルマもただの布」

「……ふむ」

「このタピオカもそうなのよ。原材料は身近にある、その作り方だけがなぜか誰もたどりつけない。まるで――」

「まるで？」

「――全世界に封印でもかかっているかのように」

「……」

俺は眉(まゆ)をひそめた。

ソフィアの言うことはちょっとだけ突飛(とっぴ)だけど、なんか、「分からなくもない」ものだった。

特にソフィアは昔から勉強家で、デスピナの序列一位になるために魔術を中心に猛勉強してきた。

その知識からの判断だと思えば、一概にあり得ないと却下できるものでもない。

――ちょっと前までなら。

今の俺は、ちょっと前までの俺と違う。

フルを手にしたことで、普通は斬れないものが目に見えるようになった。

目を凝らして、ソフィアを見る。

彼女の「感情」が、逸るワクワク感を抑えるもの――そんなものに見えた。

それが見えてしまったから、ソフィアの言うことがその場凌ぎの言い訳だと分かった。

微笑ましく感じた。

流行りのタピオカに並ぶところを俺に見られて恥ずかしくなって、それっぽい話をでっち上げて煙に巻こうとする。

それをやったソフィアを微笑ましく感じ、可愛らしいと感じた。

俺はソフィアに話を合わせて、そのまま列に並んだ。

五十人くらいの列は三十分くらいでスムーズにさばかれて、俺たちの番になった。

さっきの店の前まで戻ってきて、店主と向き合う。

「えっと、よく分からないけど三人分？　たのむ」

「はい！　ちょっと待ってくださいね」

店主はテキパキとタピオカを用意してくれた。

使い捨ての小さなカップの中にタピオカを一人前盛って、その上に蜂蜜(はちみつ)をかける。

タピオカの上にかかった蜂蜜がどろりと糸を引き、日差しを反射してきらきらした。

なるほど見た目はいい、さて味は？

そう思い、俺は二人分のカップを受け取って、片方をソフィアに手渡す。

そしてもう一つをフルに――となったところに。

「むっ」

カップがまた糸を引いていた。

蜂蜜のかけ方が雑だなあ、と思いながら、指でそれをぐるんとからめて、引きちぎった。


瞬間。


――ぷっつん!!

まるで空の上で雷鳴が轟(とどろ)いたかのような、何かが切れた音が辺り一帯にこだました。

「な、なんだ？」

俺はびっくりした。

蜂蜜が引いていた糸を取っただけなのに、なんだこの音は。

「さすがです、マスター」

「え？　何が？」

フルの方を向く。

彼女はいつもの変化が乏しい表情に、称賛と感嘆の色を上乗せしていた。

「そのものにかかっていた封印がとかれました」

「封印？　とかれた？　なんのこと――」

「あああ!!」

不思議がっていると、背後から店主の大声が聞こえた。

「ど、どうしたんだ？」

「ちょっと待ってください！　皆さんちょっと待ってください!!」

店主はまだまだたくさんの並んでいる人たちに向かってそう言って、店を放り出して、どこかへ走っていった。

何事かと、並ぶ客たちがざわつく中、ものの一分で店主が戻ってきた。

手押し車に、たるを載せて戻ってきた。

「なんだ、それは」

「丁度よかった領主様！　今思いついたんですけど、味見してください！」

店主はそう言って、たるの中身をコップに注いだ。

そしてそこにタピオカを投入して、コップごと俺にさし出した。

同じのを作って、ソフィアにも渡す。

「これは……ミルクティー？」

匂いを嗅いでみた、覚えのある匂いだった。

店主は急遽ミルクティーを用意して、そこにタピオカを入れた。

……なんで？

と、疑問に思う間もなく。

「おいしい！」

俺の横で、タピオカミルクティーを一口飲んだソフィアが驚嘆していた。

それを皮切りに、店主は蜂蜜掛けではなく、タピオカミルクティーを売り出した。

並んでいた若い女の子たちも、何の疑問もなく――それどころかさっき以上の熱気でタピオカミルクティーを買い求めた。

「これは……一体……」

「マスターがそれを縛る封印を断ち切ったおかげかと」

「フル!?　え？　封印って……あれのこと？　ってか本当にあったのか？」

「はい、さすがです、マスター」

俺は絶句した。

気づかないうちにうっかりして、数百年前に大人気だったがなぜか忘れ去られていた、タピオカミルクティーを復活させてしまったようだった。

162 食事の時間

夕方、風呂から上がった俺は、廊下(ろうか)を歩いて自分の部屋に戻ろうとした。

途中で姉さんと出くわした。

「あらヘルメス、お風呂上がりですか?」

「ああ。……ちゃんとＨＨＭ48(ヘルメスハーレムフォーティーエイト)に洗わせたから」

「あら」

姉さんに何か言われる前に、俺の方から申告した。

少し前に姉さんにもっとＨＨＭ48のことを構ってあげろって言われたから、それでだ。

「あら、あらあら」

姉さんはにやにやしながら俺を見た。

「どうでしたか、ヘルメス」

「いやまあ……うん」

俺は言葉を濁したが、実のところ気持ちよかった。

風呂って意外と面倒臭いというか、疲れるものなんだ。

入る最中も体力使うし、上がった後も疲れてへたり込むことも珍しくない。

とにかく疲れることなんだよ。

それでも綺麗にしてないとまわりに迷惑がかかっちゃうから入るんだけど、もしもだれとも関わらない、無人島での一人暮らしができるのなら一月に一回くらいでいいと思っている。

それくらい疲れるし、面倒臭いものだ。

それを一から十まで、至れり尽くせりでやってくれる。

楽だし……自分で洗うよりさっぱりして気持ちよかった。

……のだが、それを素直に口にすると、また姉さんに何を言われるのか分からないから口が重かった――が。

俺の反応から、姉さんは色々と察したみたいだ。

姉さんは口元に手を当てて、にやにやしながら言った。

「そうでしょうそうでしょう、お風呂でのご奉仕はちゃんと学ばせましたもの」

「そうなのか?」

「はい、大事ですから、お風呂は」

「……そっか」

姉さんが言うと――ＨＨＭ48と絡むことでそれを言われると色々とまあ意味深になる。

にやにやしながら言うと、その感じが倍増する。

話がややこしくなるから、俺は話題を逸らした。

「ところで、姉さんは何をしてたんだ？」

「さきほどサロンの方で、スレイヤーのお二人と話してましたよ」

「そうか、じゃあ俺もちょっと顔を出してくるよ」

そう言って姉さんと別れた。

これ以上ＨＨＭ48の話をしたくなかったから、そそくさと逃げ出した形だ。

宣言通り、その足でサロンに向かう。

サロンというのは、屋敷に住む者たちがくつろぐ場だ。

メイドや使用人たちは、こっちでくつろいだり、おしゃべりすることが多い。

当主の俺は専用のリビングがあるから、こっちに顔を出すことはほとんどない。

雇い主がいたんじゃ話せないこともあるだろうし、普段はそこには行かない。

だけど今は、姉さんから逃げるためにここにやってきた。

サロンの中に入ると、いくつもテーブルセットがあって、その中の一つでフルとノンが向き合って座っているのが見えた。

「……マスター」

フルはいつもの無表情でまっすぐ前を向いて座ってて、ノンは窓の外を眺めている。

俺が近づくと、足音なのか気配なのか、どっちかを感じ取ったフルがこっちを向いた。

声に出して呼ぶと、それにつられてノンもこっちを向いた。

「ああっ！　息子くんだ！」

無表情で感情の起伏がほとんど見られないフルとちがって、ノンは俺を見てパアと顔をほころばせて、椅子から立ち上がってこっちに向かってきた。

俺の前に立って、すんすん、と鼻をならした。

「お風呂だったんですか？」

「ああ。二人は――あれ？」

俺はテーブルの上に置かれている二つのグラスに気づいた。

透明のグラスには明るい茶色の液体が入っていて、底に黒いつぶつぶみたいなのが沈んでいる。

「それ、タピオカミルクティーか？」

「うん！　流行ってたから買ってもらったんです」

「そうか、おいしかったか？」

「たぶん！」

ノンは満面の笑みで頷いた。

二つあるグラスの内、フルのものはまったく手をつけてないみたいだが、ノンのは残り半分くらいまで減っている。

飲んだはずのノンの方を見て。

「たぶん？」

と聞いた。

半分も飲んでおいて「たぶん」というのはちょっと不思議な返答だった。

それだけ飲めばおいしいならおいしい、まずいならまずいとなるものだが。

だから聞き返したが、ノンはちょっと困ったような、照れ笑いのような表情を浮かべながら答える。

「実は味、分からないんです」

「味が分からない？　甘いものが苦手ってことか？」

「そうじゃないんです。食べ物の味が分からないんです」

「何？　そうなのか？」

その話にはちょっと驚いた。

食べ物の味が分からないって……。

「何を食べても味がしないとか、そういうことなのか？」

「えへへ、そうなんですよ」

場合によってはヘビーな話題になりそうなものだが、ノンはなんでもないことのように笑った。

「でも楽しかったですから」

「楽しかった？」

「はい！　フルちゃんと一緒にお茶会できたから、楽しかったです。だからたぶんおいしかったんだと思います」

「ふむ……」

「補足説明します、マスター。私たちは食物を摂取（せっしゅ）する必要はない、故に食物の味を判別する機能もありません」

「なるほど」

俺は小さく説明した。

ノンの返答は感情が先行しているから説明としては足りないところがあったが、それをフルが端的に淡々と付け加えたことで理解できるようになった。

味は分からない、でも大好きな娘と一緒にお茶会みたいな形になったからたぶんおいしい——と。

「ふむ……」

俺はあごを摘（つ）まんで考えた。

なら——って感じでちょっと引っかかった。

だったらなんで、彼女たちは人型になれるようにしたんだろうか。

インテリジェンスウェポンの必要性は分かる。

道具はただの道具じゃなくて、道具自体が意思を持てばサポートなり諫めるなり色々とプラスに働く場面がある。

だから意思があって、しゃべれるのならメリットはある。

だが、それだけなら人型になれる能力は必要ないはずだ。

思考することができて、しゃべれるだけでいいのだから。

なのに、フルもノンもアライも――スレイヤー全部が。

人間の姿になれるという「余計な」能力がついている。

そのことが今更ながらにちょっと引っかかった。

「あっ、でもですね息子くん、味は分からないだけで、食べること自体はできますよ」

「うん？　そりゃできてたけど」

「そうではありません、マスター。ここでいう食べることができるとは、エネルギー摂取ができるという意味です」

「へえ？」

またまたちょっと驚いた。

ノンの言葉を聞いて、俺はてっきり「腹に収めることができる」くらいのことだと思っていたから、ちょっと驚いた。

「高速での回復やエネルギー補充などのために、エネルギーを急速で吸収し体内で変換する機能が備わっています、マスター」

「なるほど」

「ちなみに最初機はQC1・0、ノンやアライは2・0、私だけ最新の3・0が搭載されています」

「違いがあるのか?」

「純粋に摂取の速さです、マスター」

「なるほど」

俺は頷いた。

「えへへ、だから味は分からないですけど、食べることには意味があるのです」

「そうか」

俺は頷き、少し考えてから、言った。

「だったら今度ものすごい高カロリー——じゃなくて高エネルギー? なのを探してごちそうしてやるよ」

「本当ですか! ありがとうございます、息子くん!」

「心遣い感謝します、マスター」

ノンはパッと俺に抱きつき、フルもお礼の言葉を口にした。

俺は二人のグラス、飲みかけのタピオカミルクティーをちらっと見て、芽生(めば)えた疑問とともにいったん腹の中に収めた。

☆

「スレイヤーが人型になる理由ですか？」

翌日、書斎に姉さんを呼び出して、昨日のサロンで聞いた話を告げて、そこで芽生えた疑問を姉さんに尋ねた。

姉さんは訝(いぶか)しみ、聞き返してきた。

「どうしてそんなことを？」

「気になったんだ。よく考えたら人型になる必要はないはずなんだよな、って。姉さんはそう思わないか？」

聞くと、姉さんは頬(ほお)に人差し指を当てて、視線を斜め上に向けた思案顔をした。

「そうですね……そう言われるとそうかもしれません」

「だから、なんでそうなったのか知りたい。大した理由がないんならないでいいんだ」

「確か……魔剣ひかりを参考にした、というのが理由のようですよ？」

「その話もおかしいんだよな。姉さんはそう思わないか?」

「……たしかに、そっちの方が難しいはず」

「ああ」

姉さんはそう言い、俺は小さく頷いた。

スレイヤーが実際どういう過程で作られたのかはよく分からない。

だが常識的に考えておかしいとは思った。

なんでも斬れる剣を作る。

なんでも斬れるし、人間の姿にもなれる剣を作る。

普通に考えれば、後者の方が圧倒的に難しいはずだ。

理由がなければ、わざわざ後者のような圧倒的に難しいことをする必要がない。

「そう言われると……少し気になりますね」

「だろ? 実際のところそれを知って何かが変わる、ってことはないんだろうけど、なんか気になるんだ」

「分かりました、私の方でも調べてみます」

「ありがとう姉さん。俺の方でもカオリや、ショウ殿下やリナ殿下に聞いてみる」

「ええ、では」

姉さんはそう言って、書斎から出ていった。

直接姉さんとは関係のない話だろうが、姉さんが手を貸してくれる形になったら心強い。

とはいえ姉さんだけに押しつけるのも気が引ける。

俺は宣言通り、せめて関係者――カオリかアイギナの殿下たちに話を聞くだけ聞いてみようかと思った。

まずはどっちから――なんて思っていると。

「ご当主様！　ここにおられましたか！」

「ミミス？　どうした騒々しいな」

ちょっと悪い予感がした。

ミミスがこうして慌てて飛び込んでくる時は、ろくなことがないからだ。

「王子殿下から救援の要請です」

「救援？」

「竜王の影です」

「何？」

思わず眉をひそめた。

竜王の影、それは天災級とまでいわれてるモンスターで、出現したら刺激しないで通り過ぎるのを待つしかない――とされているものだ。

以前、俺がうっかり――やってしまったモンスターでもある。

だからこそ不思議に思った。

「あれは前、倒したはずじゃ」

「分かりませんが、殿下からの要請は確かでございます」

「……分かった、場所は？」

俺は椅子から立ち上がった。

状況は分からないが、ショウがそれで俺に要請をしてくるのはただ事じゃない。

動かなきゃ――って思った。

「こちらです！」

ミミスはそう言って、持っていた封書を差し出した。

俺はそれを受け取って、書斎を出ながら封を切る。

場合によっては「すぐに」駆けつけなきゃいけないかも知れないって思った。

封書の中にはショウの手紙とともに、竜王の影が現れたっていう場所が書かれていた。

簡略化されているが、要点がしっかり抑えられている文面と、ものすごく分かりやすい地図が添えられていた。

俺はそれを見て。

「十分くらいか」

場所をすぐに把握して、飛んでいけばすぐだと思った。

ショウには世話になっているし、相手が竜王の影なら今更だ。

一度倒せたものを二度倒しても大して何も変わらない。

行って、ショウを助けようと思った。

「マスター？」

廊下をズンズン進んでいると、廊下の向こうにフルの姿が見えた。

フルは俺を見て、少し驚いた。

「丁度いいところに来た。今から出かける、剣の姿になってくれ」

「承知致しました、マスター」

フルはまったく躊躇することなく頷いて、その場で剣の姿になった。

ちょっとだけ表情が高揚しているようにも見えた。

そんなフル・スレイヤーの柄を取って、俺は屋敷から飛び出して、そのまま大空に駆け上がったのだった。

☆

大空を飛行して約十分、辺り一帯に何もない岩山のところに竜王の影を見つけた。

地図で示した通りのところにそれはいた。

空から地上を見下ろした。

竜王の影は前見た時と同じように、のそりのそりと進行している。

まわりをぐるっと見回すと、竜王の影から大分離れたところの地上に、人の姿があった。

十人くらいの集団で、先頭の一人がこっちに手を振っている。

目を凝らすまでもなく、それがショウだということがすぐに分かった。

「なるほど、距離を保って監視してるのか。さすがだ」

ショウに手を振り返して、改めて竜王の影の方を向いた。

そして、飛行したままフルを握る手に少し力を込めた。

「あれを斬る。時間かけると暴れられて面倒臭いから、一気にケリをつける」

『存分に振るってください、マスター』

ぐるり、とダイブするために頭を下に、足を上の姿勢に変えた。

その姿勢でフルを構える。

そして、空中から滑降するように竜王の影に向かっていく。

滑降しつつ、速度を上げていく。

接近していく途中で竜王の影はこっちに気づいたが、俺はさらに空中で踏み込んで、速度を上げて肉薄した。

一瞬で竜王の影の懐に迫る。

ゼロ距離で、フルを振り抜いた。

体をひねりながらの、横一文字(よこいちもんじ)の斬撃(ざんげき)。

振るったもの全てを斬るフル・スレイヤー。

フルの斬撃一発だけで、竜王の影を真っ二つに切り裂いた。

前に竜王の影を倒した時よりも、遙(はる)かに楽に倒せた。

素手よりも、フルという剣を使った方が楽に倒せた。

一方で、斬られた竜王の影は消滅しなかった。

そいつはまるで粘土のように、二つの塊(かたまり)になって形を再構築しようとした——が。

見るからに弱っている。

再構築しているが、斬撃で引き裂かれた分、動きが鈍くなっていて、はっきりと弱っている。

再生はできるが、ノーダメージとはいかなかったみたいだ。

ならばこのまま斬り刻めば——と思ってフルを握る手に力が入った。

その時だった。

『では、いただきます』

「え？」

戸惑う俺をよそに、フルは再構築中の竜王の影を吸い込み出した。

刀身がくろめき、そこからものすごい吸引力で、竜王の影を吸い込みはじめた。

瞬く間に、フルは竜王の影を完全に吸い込んでしまった。

真っ二つに斬ったのを二つとも、残すことなく吸い込んでしまった。

「な、なんだ今のは……」

『ごちそうさまです、マスター』

「へ？」

フルの言葉に、俺はさらに困惑した。

なぜかというと、フルの声が普段よりも少しだけ感情がこもっているように聞こえたからだ。

これって一体……？

『かなりのエネルギーになりそうです。早速高エネルギー体を見つけてくださってありがとうございます、マスター』

「……あっ」

昨夜のやり取りを思い出した。

フルとノンは味は分からないが、ものを食べることができる。

ものを食べて、エネルギーを補給することができる。

って、竜王の影がそうだったのか？　いや別にこれを用意したってわけじゃなくて。

などと、予想外のことにちょっとパニクっていると。

「すごい！　すごいぞカノー卿（きょう）！　今のはなんなんだ!?　スレイヤーで何をしたんだ？」

「おっふ……」

遠くにいたショウが、無邪気な笑顔で駆け寄ってきたから、俺は頭を抱えてしまうのだった。

163 魔王の土下座

「で、殿下……」

まずい、これはまずいぞ。

ショウが子供のような無邪気な目でこっちに向かってきている。

もともとターゲットからは距離を取っていたショウ、そうしたのは竜王の影の様子を把握できるようにしたかったからだ。

つまり、常に視認できる距離にいた。

一方で近づき過ぎてもいけないから、見えるけど詳細までは分からない、くらいの距離だった。

それで俺がフルで竜王の影を斬ったところを見られた、それはいい。

竜王の影を倒したのは二回目だからだ。

しかし、その直後にフルが竜王の影を吸収したのも見られてしまった。

何かが起きたけど、具体的に何が起きたのかまでは分からない。

当然、興味を持ち出すわけだ。

それは――まずい。

とてもとてもまずい。

フルの力をまだ完全に把握していない。

そもそもフルがこうやってエネルギーを吸収できることを知ったのは今だし、それで具体的に何がどうなっているのか、どうしてそうなのかも分からない。

今この状況で聞かれても、誤魔化(ごまか)すことすら怪しい。

興奮するスレイヤーショウから目をそらしながら、俺は必死にどうしようかって考えた。

「今のはスレイヤーでやったのだな？　どういうことなんだ？　教えてくれカノー卿」

「……あっ！　バイトの時間だ！」

「え？」

何もいい言い訳は思いつかんかった。

何を言っても、ドツボにハマってさらなる泥沼にハマりそうだった。

焦った俺は、もはや脈絡も何もない、「シュタッ」と古典的なジェスチャーをして逃げ出すことにした。

「すみません殿下、今日はこれで！」

そう言い放って、空を飛んで逃げた。

ここは逃げの一手に限る。

わけ分からないうちに余計なことを言ったら墓穴を掘る可能性が高い。

まずは逃げて、その間にゆっくり考える。

そう思って俺は逃げ出した。

「バイトって……貴族なのに？」

だから、ショウがきょとんとしているのも、あえて見なかったことにした。

ものすごい勢いで飛んで、「現場」から遠ざかった。

雲の上で、それまで黙っていたフルが聞いてくる。

『マスター、何か不手際がありましたでしょうか？』

「……いや、フルは悪くない。こっちの問題だ」

『そうですか』

フルはいつものように淡々と話した。

竜王の影を吸収した直後の興奮は、すっかり冷水をかけられてしまったかのように収まっていた。

それを見て、ちょっとだけ申し訳ないような気がしてきた。

うーん、あっちを立てればこっちが立たず……いやどっちも立ててないのか？

「むむむ……」

本当にどうしようか、と。

俺は空を飛びながら、頭を悩ませたのだった。

☆

屋敷に帰ってきて、俺専用のリビング。

竜王の影を斬って、人間の姿に戻ったフルと向き合っていた。

俺はソファーに座っていて、フルは自分の意思で立っていた。

そのフルから状況の説明を受けたあと、頭の中で整理してみた。

「つまり、生命体のエネルギーを吸収できる、エネルギー生命体なら跡形もなく吸収できる、ってことか」

「その認識で間違いではありません、マスター」

「ふむ……」

俺は頷き、深くソファーに体を沈めた。

戻ってきた後に、フルから詳しい説明を受けた。

ノンがいた時のやりとりも思い出した。

彼女たちはQC1・0やら2・0やら3・0やらの、そういう能力が備わっている。

それはエネルギーを吸収して自分のものにする能力だ。

それは純粋なエネルギーに限らず、実体を持たない、いわゆるエネルギー生命体に対してもできるみたいだ。

そうなった理由は――。

「全てを斬るために、エネルギー体を斬ることも必要でした。その過程で、せっかくエネルギー体を斬るのなら、ついでに吸い取ってしまえた方がいい、と当時の開発者は考えたようです」

「なるほど」

「その機能の最新版を搭載（とうさい）しています。ＱＣ３・０では吸収率は最高22％となります」

「高いのか低いのか……いやまあ、一番高い方なんだろうな」

「そのとおりです」

フルはそういって頷いた。

こころなしか得意げな表情をしている。

普段は淡々としているが、「フル・スレイヤー」としての能力（ちから）を話す時、フルはこうして得意げな表情をすることが多い。

「スレイヤー」の話の時はちょっとだけ、「フル」の時はかなり得意げに――って感じだ。

自分の存在に誇りを持っているのが、態度からよく分かる。

それはまあ、それでいいとして。

俺は、意外とよく顔に出るフルの表情を注意深くうかがうようにしながら、聞いてみた。

「その力って、俺の力に影響されるのか？」

「おっしゃってる意味がよく分かりません」

「つまり、例えば俺以外の人間がフルで竜王の影を斬ったとして、それで吸収できない、なんてことは？」

「それはありません。エネルギー吸収は私の標準機能です、マスター以外のマスターはいませんが、一億歩ゆずって他の人間がマスターだとしてもそこは変わりません」

「うん」

俺は少しホッとした、そして膝を打った。

なら、その通りにショウに伝えよう。

俺の力と関係のない、フルの力だというのなら問題ない。

この場合、竜王の影を斬ったのは俺の力ってことになるんだけど、竜王の影を倒したことは前にもショウに見られているから、そこは問題にはならない。

「評価が上がる」ことにはならない。

だったら問題ない、と、俺はホッとした。

——のも、つかの間。

「甥っ子ちゃーん」

「――っ！」

気を抜く間もなく声が聞こえてきた。

ぎょっとしながらもとっさに身構えた。

「ぐふっ！」

間髪容れずに腹に衝撃が来た。

とっさに身構えたから、そこそこのダメージですんだ。

もうちょっとでも遅かったら朝ご飯を全部リバースしてたところだ。

「やめ……」

「私エラいのだ、ちゃんと声より遅くなるように抑えたのだ」

「おぅ……」

あまりの言い分に抗議の声も出なかった。

確かに前回、声を超えてタックルするのはやめろって言った。

そしてそれをカオリは守ってくれた。

だからといって、ダメージがないわけではない。

魔王がほぼ音速で突っ込んでくるタックルをもろにうけて、俺は悶絶と（これからも続くという）絶望のダブルパンチに苦しんだ。

とはいえしょうがない、カオリは言って聞くような相手じゃない。

タックルの前に声が聞こえるようになったのだから、前よりはマシになったと思うことにした。

俺は深呼吸して腹の痛みを誤魔化した。

ここでリビングのドアがあいて、何人かのメイドが入ってきた。

メイドたちは俺にしがみつくカオリと、カオリがぶち破って崩れた壁を一度交互に見比べた。

壁がぶち破られて、カオリが現れる。

それはもはやいつものことだから、メイドたちは特に何も言わず、こっちには関わらずに人手を呼んで壁の後片付けを始めた。

「あれ?」

そんな中、カオリは俺の腰にしがみついていたが、ふと離れて立ち上がった。

そして、側に立っているフルの方を見た。

「お前……なんなのだ?」

「なんなのだ、とは?」

「……スンスン」

カオリはフルに近づき、子犬のように鼻をならしてフルの匂(にお)いを嗅(か)いだ。

フルは避けるでもなく、カオリに好きなようにさせた。

しばらくすると、カオリが驚いた顔をして。

「お姉様の匂いとそっくりなのだ」

「どういうことだ？」

「甥っ子ちゃん！　このスレイヤーは前と違うのだ！　何があったのだ？」

「えっと……」

反転して俺に詰め寄ってくるカオリ。

いつも（良くも悪くも）無邪気な彼女にしては珍しい反応に、俺は戸惑った。

「前と違うって言われても、変化になるようなことは……、あっ」

「何があったのだ？」

「竜王の影を吸収したから？」

「なんなのだ、それは！」

カオリがさらに詰め寄ってくるので、俺はフルで竜王の影を切って、その竜王の影を吸収したことを説明した。

すると、カオリは目を見開きつつも、

「だからなのだ」

と、納得したような顔をした。

その説明でまさかあっさり納得されるとは思っていなかった俺、逆に戸惑ってしまう。

「どういうことだ？」

「お姉様と同じなのだ。お姉様は魔剣で、竜王と契約し、その魂を支配して使役していたのだ」

「え？　竜王と、ってその魔剣も竜王の影を斬ったのか？」

「違うのだ、竜王のオリジナルなのだ」

「へえ……」

俺はまたちょっと驚いた。

カオリが話す「お父様」「お母様」「お姉様」というのは、うちの――カノー家の初代当主と同じ時代の人物のこと。

つまり数百年前の出来事だ。

その話をする時は決まって予想もつかない事柄が飛び出してくるもんだ。

今のもそうだ。

竜王の影は何度か目にしたことがある。あまり考えないようにしてたけど、影があるということはオリジナルもどこかにあるかあったということだ。

その竜王がカオリの姉と関係があったとは、ちょっと驚きだ。

「なあカオリ、ちなみにその竜王って……今どこだ？」

「おーちゃんさんはお姉様とずっと一緒なのだ。死が二人を分かつまで、なのだ」

「そ、そうか。ならいい」

なんかのっぴきならない関係性っぽい名前にもつっこみたくてうずうずさせられたが、俺はホッと胸をなで下ろした。

なぜなら、そういうことなら俺と直接関わる可能性は非常に低いだろうと思ったからだ。

竜王の影であれだから、竜王のオリジナルなんて面倒臭い(めんどうくさ)の塊(かたまり)でしかない。

関わらないですみそうだから、俺は心からホッとした。

「……」

俺がホッとしている間、カオリはじっとフルを見つめていた。

「どうした、カオリ」

「そ、そこのスレイヤー」

「……」

「と、とと」

「とと？」

「友達に！　してやるのだ！」

カオリはなぜかちょっとつっかえながらも宣言した。

俺はちょっと驚いた、カオリの「友達」という言葉にだ。

ちなみにフルは無表情のままだ。

「カオリ、友達って、あの友達ってことか？」

「そうなのだ、友達第一号なのだ！」

「ええっ！」

俺はびっくりした。

カオリのすることにはもうなかなか驚かなくなっていたが、これには久しぶりに驚かされた。

カオリには、下僕(げぼく)第一号から第千号くらいまでいる。

かくいう俺も下僕の中の一人だ。

今までカオリと接した感じだと、「下僕」というのでも彼女にとって特別な存在なのが分かる。

カオリが直接そう発言したことはないが、実際のところ「認めたやつしか下僕にしない」という感じだ。

下僕になって初めて、「魔王に個体認識される」って感じだ。

その下僕でさえなく、カオリは「友達」といった。

しかも「第一号」だ。

「……ああ」

少し考えて、納得した。

カオリは、「お姉様」と似ているフルのことが気に入ったのだ。

今まででも断片的にあったけど、よっぽどその「お姉様」のことが好きなんだな、って改めて分かった。

「友、達？」

興奮気味のカオリに対して、フルはいつもと変わらず、感情の起伏がほとんどない顔で、ちょこんと小首を傾げた。

「そうなのだ！　友達だから一緒に遊んであげるのだ。感謝するのだ、私の友達第一号だから名誉なことなのだ、なんなら――」

カオリは一気にまくし立てた。

いつも元気で明るい彼女だが、普段とはまた違ったタイプの明るさというか、饒舌さというか。

そんな感じでフルにまくし立てている。

一方で、フルはやっぱり淡々としたまま。

「いい」

と、にべもなく断ってしまった。

「え？」

「遊ばなくていい」

「……」

絶句するカオリ、まさか断られるとは思ってなかったって顔だ。

まあ当然だろうな、今まで「魔王の頼み」を断れるやつなんていなかったんだろう。

そりゃあショックも受けるし固まるってもんだ。

「あ、遊んでほしいのだ……」

「私は遊びたくない」

言い方を変えて、すがりつくような目をするカオリだが、フルはやはりとりつく島もなかった。

「ど、どうすれば遊んでくれるのだ？」

「……」

「どうしてもだめなのか？」

今にも泣き出しそうなカオリが不憫になったので、俺からも——って感じでフルに聞いてみた。

ここで助け船を出さないと、カオリが今にも泣き出しそうだったからだ。

すると、フルはまっすぐに俺の方を向いてから。

「それがマスターの命令なら」

「俺の命令」

「はい、マスターの命令ならなんでもします」

「あー……」

なるほどって俺が思った——よりもさらに早く。

「甥っ子ちゃん頼むのだ！」

　なんとカオリがパッと俺に向かって土下座をしてきたのだ！

「えええ!?」

「なんでもするのだ、世界の半分を今すぐ獲ってきて甥っ子ちゃんにあげるのだ」

「いやそれはいらないけど」

　まったく躊躇のない土下座に、ものすごい交換条件が飛び出してきた。

　それだけカオリの本気度が窺える。

　俺はカオリの二の腕をとって起こしてあげつつ、フルに言った。

「一緒に遊んでやってくれ、頼む」

「分かりました、マスター」

　フルはあっさりと受け入れた。

　そしてカオリも満面の笑顔で飛び上がった。

　そのままフルの手を引いて、来た時にブチ割った壁の穴から出ていった。

　魔王はものすごい速度で空を飛んでいき、二人の姿はあっという間に見えなくなった。

「ふう……やれやれ」

　焦ったぜ。

　まさかカオリがなあ……って思った次の瞬間。

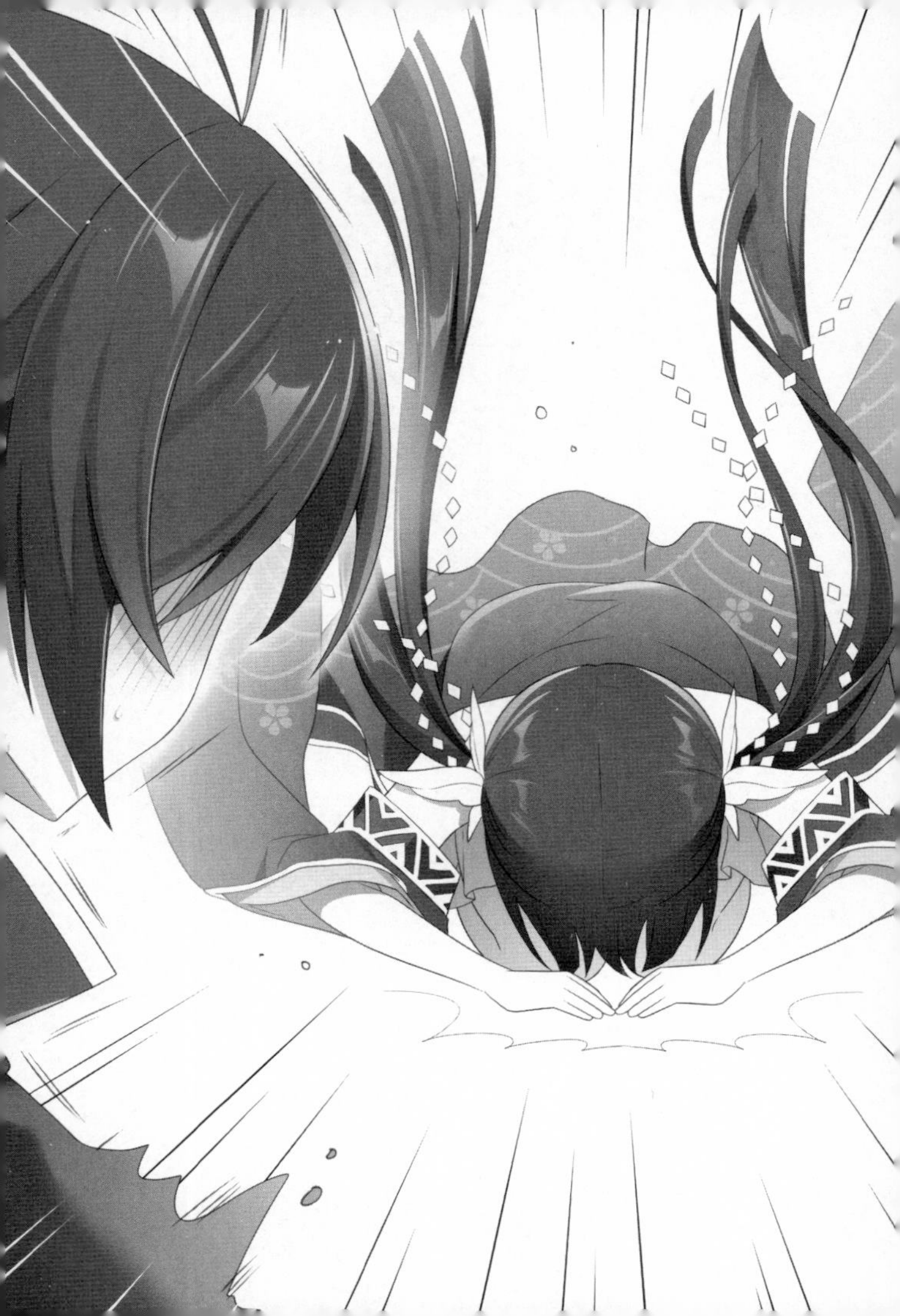

カオリが飛び出していった壁の穴のまわりにいた、片付けをしていたメイドたちの顔が見えた。

全員が、死ぬほどびっくりしている。

なぜだ――。

「見た、今の」

「すごい……あの魔王が」

「魔王がご主人様に土下座した」

「あっ……」

カオリの土下座の余波が、大きな尾を引くことになってしまうのだった。

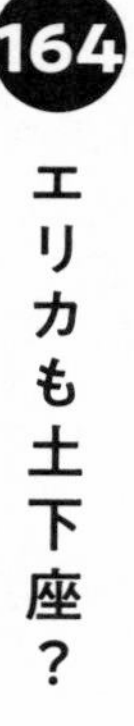

164 エリカも土下座？

「あの噂ってホントなの、ダーリン!!」

ある昼下がり、リビングでくつろいでいると、エリカが唐突に現れた。

ドアを壁に叩きつける勢いで開け放って、部屋の中に飛び込んできた。

勢いもさることながら、エリカは血相を変えたようすで俺の前に立って、おでこがくっつくくらいに迫ってきた。

「あ、あの噂って？」

「ダーリンに魔王が跪いて靴を舐めたって話！」

「尾ひれつきすぎ！」

俺は声を張り上げ、突っ込んだ。

「誰からそんなの聞いたんだ？」

「誰でもいいでしょ。それよりもダーリン本当なの？」

「いや嘘に決まってるだろ、後半でたらめだ」

俺はあきれ顔で否定した。

なんだよ、跪いて靴を舐めたって。

「じゃ、じゃあやっぱり……」

「ああ、カオリはそこまで——」

「足の指を隅から隅までしゃぶるように舐めたのね！」

「——なんでそうなるよ！」

さっきよりも一オクターブ高い声で突っ込んだ。

声がめっちゃくちゃ裏返ってしまう。

というか、もうコントだろ、これ。

めちゃくちゃ突っ込んだ後、エリカに落ち着いて否定した。

「そんなことはない。まあ、土下座っぽいのをしただけで、それ以上のことはされてない」

「そうなの？」

「ああ、ない」

「うう……」

きっぱりと言い切ると、エリカはなぜか不満げだった。

その反応も気になるが、もっと気になることがあった。

「というかさ」

「え？」

「昨日の今日だぞ、情報早くないか？」

「そ、それは……」

俺の指摘に、エリカが思いっきりたじろいだ。

一歩後ずさるくらいたじろいで、それから目を泳がせた。

これは……クロだな。

こう質問したのは、エリカはカランバの女王で、普段は王都にいるため、昨日の今日でこの情報をキャッチして問いただしに来るのはおかしいという理由からだ。

――の、だが。

その一方で、エリカはちょこちょここの屋敷に通っている。

場合によっては、「今日来る予定だったのが、向かってる途中にカオリの一件を聞いた」ということが充分に考えられる。

その場合、昨日の今日でもおかしくない。

むしろ普段のエリカのことを考えれば、最初から疑問にも思わなかったくらいだ。

実際そうじゃなくても、そういう言い訳が充分に成り立つ。

それをできないということは、エリカに何かやましいところがあって、それが思考を邪魔してるってことなんだろう。

「そ、そんなことよりも。土下座は本当なの、ダーリン!?」

エリカは力業で誤魔化してきた。

言い訳とかまるっとすっ飛ばして、力ずくで話題を変えてきた。

そうきたかぁ——と、俺は微苦笑を浮かべつつも、そのことには触れずに質問に答えた。

「ああ、まあ。それはなんというか……どっちかというと、ノリでやったところもあるんじゃないのかな」

昨日の光景を思い出しながら、そう答えた。

確かにカオリは俺に向かって土下座するほどの勢いで頼み込んできたが、「土下座」って言葉ほど重い仕草じゃない気がする。

例えば「ただの土下座」ならかなり重い意味合いを持つけど、「ジャンピング土下座」とか「スライディング土下座」とか、はたまた「エクストリーム土下座」だと大事感が一切なくなる。

カオリのもそういう感じがする——ってことにしようと思った。

「ノリなの？」

「ああ、だから気にすることないぞ——」

「ずるい！」

「——へ？」

言いかけた俺はきょとんとなった。

完全に予想の大外から放たれてきたエリカの一言は強烈過ぎて、ワンパンチで俺を思考停止に追い込んできた。

唖然(あぜん)として、ポカーンとなって、エリカを見つめた。

エリカは年頃の少女そのものの、威厳もへったくれもない感じで頬(ほお)を膨(ふく)らませて抗議してきた。

「ず、ずるいって？」

「ずるいよ！　だって、エリカもしたいもん！」

「ど、どういうことだ？」

「へ？」

「エリカもダーリンとそれをしたい！　ダーリンの足元で――」

「いやいや待て待て」

手を突き出してエリカの目の前にかざして、このままだととんでもないことを口走りそうな彼女を一旦止めた。

頭痛がしてきそうなのを感じながら、おそるおそるエリカに聞く。

「な、何かと勘違いしてるんじゃないのか？」

「え？　ノリでしたんだよね」

「まあ、そうかもしれないってことで……」

「だったらダーリンとのプレイじゃない！」

「……へっ？」

「ダーリンとのプレイだったらエリカもしたい！　エリカが一番ダーリンの指をうまくしゃぶれるんだから！」

「いやいや待て待て」

俺はまた手をかざして、またまたエリカを止めた。

話がとんでもない方向にいきだしたぞ。

「やだやだやだ、したいしたいしたい！　エリカもダーリンにめちゃくちゃいじめられたい！」

「だだっこか！」

いよいよ本気で頭痛がしてきた。

「とにかくそういうのはなし。プレイなんてしてないから」

「うう……本当に？」

「本当だ」

俺はきっぱりと言い切った。

面倒臭い（めんどうくさ）けど、エリカを真っ正面から見つめて、目線の強さで訴えかけた。

数秒間、エリカと真っ向から見つめ合った後。

「ぽっ……」

エリカは頬を染めて、視線を逸らして、うつむいてもじもじしだした。

「ダーリンのまっすぐな目……エリカ感じちゃう……」

「……」

もうどないせえっちゅーねん、とがっくりきた。

とりあえずカオリの話はうまく誤魔化せたみたいだけど、その分どっと疲れたのだった。

165 義母の願い

夕方になって、俺は庭から屋敷の中に引っ込んだ。

今日は何事もなく、一日ののんびりすることができた。

毎日こうだといいのになあ、と思いながら今度は自分の部屋でだらだらしようと、廊下(ろうか)を歩いて自分の部屋に向かった。

「あっ、息子くんだ！」

廊下の向こうからノンが現れた。

俺を見つけたノンは、嬉しそうな笑顔でパタパタ駆け寄ってきた。

少し遅れてアライも現れて、こっちはゆっくりと歩いて戻ってきた。

「息子くん、何してたんですか？」

「だらだらしてた。二人は？」

「私はメイドちゃんたちとお話ししてたんですよ。みんな物知りだから色々話できて楽しかったです。それからお茶とケーキもおいしかったですね」

「おいしかった？　味分かるのか？」

俺はちょっと驚いた。

前に味が分からないみたいなことを言ってたのに。

「いえいえ、雰囲気なんですよ息子くん。みんなでアフタヌーンティーしておしゃべりしてたら楽しくて、楽しいからおいしく感じるんです」

「そういうものなのか？」

「はい！　想像してみてください、息子くん」

「んん？」

何を言い出すんだ？　とノンを見る。

ノンは人差し指を立てて、まるで女教師みたいな仕草で言った。

「ものすごく高いお肉を焼いたステーキだけど、ドッグボウルに載せてテーブルに出されるんです。そうしたらおいしいってなりますか？」

「あー……なるほど、言いたいことは分かった」

ほんのちょっとだけ納得した。

ノンのそれは極論だし論点がそもそもちょっとずれてるけど、分からなくはない。

どんなにおいしいものでも、使う食器がダメならおいしいって感じないものだ。

それと同じで、普通くらいのおいしさでも、その場の雰囲気次第でめちゃくちゃおいしいって感じることもあるもんだ。

　だからまあ、うん、分かる。

「おいしい酒、がそれなんだよな」

「息子くん、お酒飲むのですか」

「まあ、嗜むくらいはな」

「そうなんですね。……ちなみに『おいしいお酒』ってどんな感じですか？」

「ふむ」

　俺は少し考えた。

　俺を見るノンの目がきらきら輝いていた。

　メイドたちとのアフタヌーンティーが楽しかったから、俺の口からでたおいしい酒が気になってしょうがないって顔だ。

　俺は少し考えた。

「酒は……飲めるんだよな」

「もちろんです」

　ノンはそういい、俺は頷く。

　スレイヤーたちはあくまで「味が分からない」だけで、飲み食い自体はできるってことらしかった。

だったら酒も問題ないのだろう。

「よし、じゃあ行こうか」

「行こうって、どこへですか？」

「おいしい酒が飲める天才のところ」

俺はそう言い、ノンにウィンクをした。

ノンは一瞬不思議がったが、顔にますます期待感があふれ出していた。

☆

娼館(しょうかん)の中、いつものオルティアの部屋。

ノンを連れてここに入って、オルティアにことの顛末(てんまつ)を説明した。

「それでここに連れてきたんだ、ヘルメスちゃん」

最後まで説明を聞いたオルティアはあきれ顔になった。

そんな顔をしたせいか、俺の横に座ってるノンが不安げな表情をしてしまう。

「ヘルメスちゃんくらいだよ、ここをそういう風に使うのって」

「そうか？　接待にお得意様連れてくるやついるだろ」

「そりゃあいるけどね」

オルティアはそう言い、ノンの方を見た。

ノンは「？」って感じで、小首を傾げてオルティアを見つめ返した。

「二連続で女の子を連れてこられるとは思ってなかったな」

「悪い」

「息子くん、同じことをしたことあるんですか？」

「息子くん？」

オルティアがノンの言葉に引っかかった。

ノンをしばし見て、それから俺をじっと見つめて。

「なんのプレイ？」

「プレイじゃない！　彼女はフルの親戚なんだよ」

「ママです、はい！」

ノンは得意げな表情で胸をはった。

「あっ、そういえば似てる」

「だろ？」

「へえ……」

オルティアは俺とノンを見比べた。

どういうわけか、徐々にジト目になっていく。

「どうした？」

「ヘルメスちゃん、母娘丼が好きだったんだ」

「へ？　──って違う！　そういうんじゃないから」

「大丈夫、母娘丼とか姉妹丼とか全然普通寄りの普通だから照れなくていいよ」

「照れてるんじゃない！」

「母娘はいないけど、うちの店にはリアル姉妹いるんだけど、どうする？」

「どうもしないから！」

「あの……息子くんってそういうのがいいんですか？　だったら私とお姉ちゃんで──」

「乗っからなくていいから！」

振り向きざまノンにも突っ込みを入れた。

彼女には「お姉ちゃん」「お姉様」と呼び合う、同じスレイヤーのアライという仲間がいる。

それでオルティアのネタに乗っかってきたんだろうが。

「その話はいいから。今日はノンにおいしい酒を飲ませたいんだ」

話を強引に打ち切って、来意をもう一度オルティアに伝えた。

オルティアはニコニコしながら。

「あはは、分かってるってば」

と言った。

「まったく……」

「じゃあ、おいしいお酒出しちゃって良いの？」

「ああ」

「あたしも飲んでいい？」

「だからここに連れてきた」

目を輝かせるオルティアに微笑み返した。

彼女が言う「おいしいお酒」は俺が言う「おいしい酒」とは意味合いが違う。

ここで何回も飲んだりおねだりされたことのある、純粋に「高い酒」のことだ。

さすがに高い酒を出すのには客の許可がいるからと聞いてきたんだが、そんなのなんの問題もない。

お金はむしろある程度無駄使いした方が評価が下がるからな。

それに――。

「まずはお前が楽しく飲める酒じゃないと、だろ？」

「ああんもう！　ヘルメスちゃん格好いい！　いい男！　ぬれちゃう！」

「はいはい」

「じゃあお酒を持ってきてもらうね」

「ああ」

立ち上がって、一旦部屋から出ていったオルティアを見送った。

よくあることなら、簡単な合図で店側に伝えるのだが、高価な注文はパターン化した合図とかじゃ無理だから、ちゃんと伝えるためにオルティアが直接出ていった。

部屋の中、俺とノンの二人っきりになった。

「持ってきたよ」

「――って早っ！」

ノンにオルティアのことを少し説明しとくか――と思う間もなくオルティアは戻ってきた。

手に、ボトルと三人分のグラスを持っている。

「そんなすぐに用意できるものなのか？」

「まあまあ、それよりも飲もう。ねっ、ヘルメスちゃん」

「まあいいけど……」

「ノンちゃんも、はい」

オルティアはグラスに酒を注いで、まずはノンに渡した。

このあたりの気遣いはさすがだな、と俺は思った。

オルティアが客にまず注ぐのは当たり前だが、そこで俺じゃなくてさらりとノンに先に手渡すのはさすがだった。

今日の目的を考えれば、俺よりもまずはノンに渡すべきだ。

もちろん俺から先に、というのは間違いじゃない。

でもノンからの方がよりよい選択だ。

それを正しく選択できるのがオルティアという女だ。

そうこうしているうちに、二杯目は俺に、三杯目でようやく自分にと、オルティアはこの場にいる全員に酒が行き渡るようにした。

そして、俺を見る。

「じゃあ、乾杯しよう」

そう話すオルティアの表情はいかにも飲みたくてうずうずしてる、って感じだった。

自分も飲みたいのに仕事にまず徹したオルティアがおかしくて——ちょっと愛(いと)おしかった。

「ああ、乾杯しよう。今日はいくらでも飲んでいいからな」

「本当⁉　ありがとうヘルメスちゃん、大好き！」

「はいはい。じゃあ乾杯」

「かんぱーい」

「か、乾杯？」

三者三様のテンションで乾杯をした。

俺とオルティアはやり慣れているからいつも通りで、ノンは初めてだが俺たちのやり方に合わせて、グラスをカチンと合わせて乾杯をした。

それを皮切りに、俺たちは飲み始めた。

オルティアとの酒はいつも通り楽しかった。

最初は困惑しつつもついていけないって感じのノンだったが、次第にオルティアに引っ張られて、楽しく飲み始めた。

「おっ、ノンちゃんいい飲みっぷりだね」

「そうですか？」

「しかも顔も赤くならない、もしかしてすごく強い？」

「どうなんでしょう、分からないです」

ノンは「分からない」って言うけど、まあ強いだろうな、と俺は思った。

人間じゃないんだから、酒がそもそも効かない体質って可能性がある。

「ヘルメスちゃんも飲んで！」

ノンのことを考えていると、横からオルティアが酒を注いできた。

「ノンちゃんに負けてるよー、もっと飲んで飲んで」

「そうだな」

俺はにっこりと笑って、注がれた酒を一気に飲み干した。

「いい飲みっぷり！　さすがヘルメスちゃん」

「さすが息子くんですね」

「そうだ！　ねえヘルメスちゃん、こういう飲み方はどうかな」

「んん？」

どういうことだ？　とオルティアを見た。

オルティアはグラス二つに半分まで注いで、一つは俺に渡して、もう一つは自分で持った。

そうしながら、グラスを持った方の腕を絡めてきた。

よくある色気のある組み方じゃなくて、互いに肘を前に突き出し、フックのように肘を引っかけるような絡め方。

肘は絡めているが、手はそれぞれ自分の方を向いている。

持っているグラスが口元にきている。

「なるほど」

「かんぱーい」

グラスを合わさずに、それぞれ持っているグラスを、肘を引っかけたまま飲み干した。

「ぷはー、うん、おいしい」

「ああそうだな」

「……息子くん、それ、おいしいですか？」

「ああ、楽しいぞ」

「私もいいですか？」

「いいよー。あたしとやってみよ」

オルティアはそう言って、また二人分の酒を注いで、一つは自分に、一つはノンに持たせた。

そして同じように、肘を引っかけて互いに飲んだ。

オルティアは最初からぐいっといく。

ノンはおずおずとちょっと迷ってから飲んだ。

どちらも、グラスを一気に飲み干した。

「どうだ？」

「……楽しいかもしれないです」

「やったね！　じゃあドンドン飲もう！　いいよね、ヘルメスちゃん」

オルティアはそう言って、九割方なくなったボトルをちらつかせた。

追加の注文いいよね、っていうおねだりだ。

「どうしようかな」

「えー。あっ、そっか。うふふ」

オルティアは一瞬だけ不満そうに唇を尖らせたが、すぐに何かを察して、俺にしなだれかかってきた。

「ねえいいでしょう、一生のお・ね・が・い」

「しょうがないな」

「わーい」

ちょっとしたお約束を挟んで、追加の酒を許可した。

「今のは？」

「おねだりだよ、ノンちゃん。ノンちゃんも何かあったら、『一生のお願い』って言ってヘルメスちゃんにおねだりすればいいよ」

「いやいや、そんなんされても」

「息子くん……一生のお願いです」

「むっ」

「もっと、いろいろ斬りたい、です」

オルティアに唆（そそのか）されて、ノンはうるうるした上目遣いの瞳で俺に迫ってきた。

楚々（そそ）とした感じで迫られると、叶えてあげなきゃって気になってくる。

「そ、そのうちにな」

「はい」

「ダメだよノンちゃん、そこで引き下がっちゃ。もっとこう、おっぱいも当てておねだりしなきゃ」

「こ、こうですね」

「うっ……」

ノンはオルティアに言われて、さらに俺にしなだれかかってきた。

「の、飲もう！　まず飲もう！」

恥ずかしくなって、俺はぐい！　っとグラスを空(から)にした。

「おー、いい飲みっぷりだね。もっと飲んで飲んで」

「おう」

オルティアはさらに注いできて、俺はそれを飲み干した。

こういう時は飲んで誤魔化(ごまか)すに限る、と俺は思ったのだった。

☆

「うぅ……」

朝日がまぶたを差す。

その朝日がまぶしくて、身をよじらせて逃げようとしたが――。

体の上に何か重しのようなものが置かれていて、寝返りが打てなかった。

「う……、ん……」

「なんなんだいったい……え？」

目を擦りながら開けてみると、それがノンだということが分かった。

ノンは仰向けになっている俺の上に寝そべっていた。

「なんで!?」

「うーん……あっ、息子くんだ。おはようございますぅ……」

俺が動いたせいで起こしてしまったのか、ノンはうつ伏せのまま少しだけ顔を上げて、ふにゃ、っとした笑みを浮かべてきた。

なんで？　なんでノンが――

って思っていると、さらに大きな異変に気づいた。

なんと、俺たちは野外に寝そべっていたのだ。

なんで？　って思いながら、できるだけノンを起こさないように体を起こすと――

さらにびっくりした。

なんと、俺たちのまわりに「首」がいくつも転がっていた。

それだけで大人よりもでっかい首が四……五……六、七。

七個も転がっている。

それにこれは……ヒュドラの首じゃないか。

「こ、これは一体……」

「どうしたんですか、息子くん……？」

「ノン、これはどういうことなんだ？」

「はい？」

「なんでこんなところにいるのか分からないし、なんでこんなに首が転がってるんだ？」

「……息子くん、おぼえてないんですか？」

体だけ起こして、俺の上で馬乗りの姿勢になるノン。

さっきまで半分寝ぼけてたっぽい感じだったのが、目も顔もシャキッとした。

「覚えてない、何を？」

「お願いを叶えてくれたじゃないですか」

「へ？」

お願い……？

「って、あれ？」

「はいです。私がもっと色々斬りたいっていうお願い」

「うっ……」

まったく何もかも思い出せないけど、推測はついた。

ノンは色々斬りたい。

オルティアはノンに「一生のお願い」を教えた。

そして、俺は酔っ払った。

「おっふ……」

がっくりきて、地面に大の字になってしまう。
飲み過ぎて、またやらかしてしまったようだった。

166 よかれと思って

ある日の昼下がり。

この日も、昼ご飯の後は、屋敷の庭でいつものようにくつろいでいた。

この日はいつもより風が強かった。

安楽椅子（あんらくいす）の上に寝っ転がっているが、椅子ごと吹っ飛ばされてしまいそうなくらいの強い風だった。

それはそれで楽しくて、おれは安楽椅子の上で、風に吹かれてゆらゆら揺れるのを楽しんでいた。

「甥（おい）っ子（こ）ちゃーん」

「見切った！」

突然、聞こえてきた声に俺はカッと目を見開き、風に吹かれる勢いを利用して安楽椅子を半回転させて、「回避」した。

回避した直後、それまでいた場所の地面に何かが突っ込んで、大爆発を起こして、土埃（つちぼこり）を盛大に巻き上げた。

「ぺっ、ぺっぺ。甥っ子ちゃんひどいのだ！」

土埃の中から、幼げな魔王が姿を現した。地面に直径十メートルくらいのクレーターができたが、そのクレーターを体当たりで作った当の本人は全くの無傷だった。

俺は呆れて、ジト目を彼女に向けた。

「ひどいもクソもあるか、あんなタックルを毎回毎回喰らってたら、そのうち本当に死んでしまう」

「大丈夫なのだ、甥っ子ちゃんなら余裕で耐えられるのだ」

「『耐える』のが必要なことをさせるなよ！」

声を張り上げて突っ込んだ。

というか耐えさせているって自覚あるのかよ、カオリは。

何も考えないでただじゃれてきてるだけなのかと思ったら、予想外の鬼な事実を知ったぞ。

「まったく、甥っ子ちゃんはわがままなのだ」

「誰がだ、誰が」

「でも別にいいのだ。今日は甥っ子ちゃんは無視するのだ」

「えー……」

カオリの宣言にちょっと引いてしまった。

タックルまでしてきて「今日は無視する」もないだろうと思った。

が、そのわがままさがカオリ――魔王なんだから、いちいち気にしてたら体が持たないだろうと思った。

仕方ないけど、気にするのはやめようと思った。

「それよりも甥っ子ちゃん、私の親友はどこなのだ？」

「親友？　ああフルか」

俺は頷きつつも、ちょっとだけ驚いた。

この前は「友達一号」だったのが、さらに昇格して親友になっているみたいだ。

俺はカオリをじっと見つめた。

「どうしたのだ？」

「いやなんでもない」

本当にカオリがフルのことを親友だと思っているのだとしたら、こんなにいいことはない。

人には友達が必要だ。

特に「自分が好きで近づきたい相手」が友達なら尚更必要だ。

フルは、カオリにとってそういう存在になるかもしれない。

なら、カオリが明らかにダメなことをしでかすか、フルが本気でいやだって思わない限りは、できるだけ、二人の仲を取り持ってやろうと思った。

「フルと遊びに来たのか？」

「そうなのだ」

「分かった、今呼ぶ。——フル？」

軽く息を吸い込んでから、ちょっと大きな声で呼んだ。

そこから十数秒、フルは屋敷から出てきて、こっちに向かってきた。

そして俺の前に立ち、

「お呼びですか、マスター」

「ああ。カオリが遊びたいんだってさ」

「そうでしたか」

フルはカオリの方をちらっと見た。

いつものように淡々とした表情だが、少なくとも嫌がっている、ということはないみたいだ。

だから俺は、

「遊んでやってくれないか」

と言った。

「分かりました」

フルは小さく頷き、応じてくれた。

瞬間、カオリがパアァ、と大輪（たいりん）の花が咲いたかのような満面の笑みを浮かべた。

「やったー、なのだ」

「今日は何をして遊びますか？」

「おそろいの格好をするのだ」

「おそろいの格好、ですか？」

「そうなのだ、ちょっと待つのだ」

カオリはそう言って、軽く拳を握って、何もないところに向かってパンチを放った。

「おいおい……」

俺はちょっと呆れた。

カオリがパンチを放った何もないところ、何もない空間がひび割れ出した。

「もう一発なのだ」

そう言って宣言通りもう一発同じところにパンチを放つと、ひび割れたのが完全に砕け散った。

何もない空間が、窓ガラスのようにパリーンと音を立てて砕け散った。

割れた空間の向こうに、びっくりするくらいの「漆黒」が見えた。

あらゆる光を吸い込むかのように、この世に存在するどんな「黒」よりも漆黒だった。

不吉さえ孕んでいるその空間の中に、カオリは無造作に手を突っ込んだ。

「あれ？　どこなのだ？」

まるで狭いタンスの引き出しの中に手だけを突っ込んで、探しものをしているかのようだった。

カオリは片手を突っ込んで探っていたが、しまいにはその手を肩まで深く突っ込んで、空間の中を思いっきり探っていた。

しばらくして——

「あったのだ！」

と、またもや満面の笑みを浮かべて、空間の中から何かを取り出した。

「じゃじゃーん、なのだ」

「それは……服？」

カオリが取り出して、俺たちに見せつけるように突き出してきたものを見つめた。

それは服だった。

可愛（かわい）らしい、女物のドレスだった。

それが二着、サイズ的にカオリとフルの体形にそれぞれ合わせてこしらえたものらしかった。

「そうなのだ、私と親友の服なのだ。今日はこれで双子コーデをするのだ」

「ふたごこーで？」

カオリの言葉は初耳だったらしく、フルは盛大に首を傾（かし）げてしまった。

「ああ、聞いたことがあるな。二人でまったく同じ格好をしたり、あるいは限りなく同じだが、色だけが白と黒みたいな正反対にする格好のことだよな」

「そうなのだ！」

「なるほど、これは正反対のパターンだな」

カオリが持っている二着のドレスをつぶさに観察しつつ、小さく頷いた。

そのドレスは限りなく似ているが、片方は黒をベースにして白をアクセントに添えた感じのもので、もう片方は白をベースにして黒をアクセントに添えた感じのものだ。

それが分かると俺はなるほどと頷いた。

「親友ちゃんにはこれを着てほしいのだ。……お姉様と同じ格好なのだ」

カオリは最後に何かをつぶやいたが、たぶん聞こえなかったふりした方がいいのかなと思って深く追及しなかった。

「それで私はこっちのを着るのだ」

「着るだけでいいのですか？」

「着た後に遊びにいくのだ。お散歩したりピクニックとかするのだ」

「分かりました」

フルはそう言って――なんと。

この場で服を脱ぎ出してしまった。

「ちょっと⁉」

「どうしたのですか、マスター」

「いきなりここで服を脱ぐやつがあるか」

「なぜですか？」

「え？　なぜって……」

平然と聞き返してくる。

あまりにも平然としているから、こっちが間違ったことを言ってるんじゃないかっていう錯覚に陥った。

「私は剣、つまり道具です。人間の見た目をしているけど、本質は人形と何も変わりません」

「むむ」

「マスターがおそらく思っているようなことは杞憂です」

「それでもダメだ。人前で脱いだら」

「はい、分かりました。マスターがそうおっしゃるのならそうします」

フルはあっさりと受け入れた。

本当にどっちでもいいと思っているからこそ、あっさり受け入れたって感じがする。

「私も着替えるのだ」

「この流れでお前まで脱ぐなよ！」

カオリに思いっきり突っ込んだ。

俺とフルがあんなやり取りをした直後なのにもかかわらず、カオリもこの場で服を脱いで、双子コーデの片方に着替えようとしていた。

「大丈夫なのだ、人間に裸を見られても平気なのだ」

「何『わんちゃんに裸見られても平気』みたいな言い草！」

一応突っ込んでみたが、この突っ込みも無意味かあ、とちょっと頭痛がした。

そうこうしているうちに、カオリもフルも服に着替えた。

色だけが反転している、意匠（いしょう）のまったく同じドレスを着た二人は、なるほど姉妹に見えないこともなかった。

「えへへー、なのだ」

カオリはフルに抱きついて、すりすりと頬（ほお）ずりをした。

カオリがこんなに「優しく甘える」のを見るのは、初めてかもしれない。

俺にもある種の「甘え」を見せるけど、それは殺人的な強度での甘えだ。

こんな、誰が見ても「かわいい」って感想が浮かぶような甘え方じゃない。

ちょっと新鮮だった。

「これから遊びに行くのだ」

「分かりました」

「あーちょっと待ってくれ」

手を引いて、飛び出そうとしたカオリを呼び止めた。

「どうしたのだ、甥っ子ちゃん」

「一つ頼みがある。この前フルと遊びたいからって俺に土下座しただろ」

「したのだ。それがどうしたのだ？」

「あれをな——」

「あっ、もう一度してほしいのだ？　分かったなのだ——」

「違うから待てぃ!?」

カオリはまったく躊躇することなく、この場でまた土下座するそぶりを見せたから、俺は慌てて大声を出して制止した。

ここでまたそんなことをされたら、ヤバいどころの騒ぎじゃない。

「しなくていいのだ？」

土下座を寸前で止められたカオリはきょとんとしていた。

土下座——という普通は屈辱の極みの行為なのにもかかわらず、彼女はなんとも思ってない様子だった。

それほどフルのことが、ってことなのか。

「いい。そうじゃなくて、あれを誰にも言わないでほしい」

「？　別に誰にも言わないのだ」

「聞かれても言わないでほしい」

「よく分からないけど――」

「誰かに言ったら、もうフルと遊ばせないから」

「――絶対に誰にも言わないのだ!!」

直前まで気楽に返事していたカオリは一転、めちゃくちゃ焦った様子で俺に迫った。

「甥っ子ちゃん、他にも何かあるのだ？　言いつけがあるなら全部言ってほしいのだ」

「もうないよ」

俺はフッと笑い、カオリの頭を撫(な)でてやった。

フルのことを盾に脅迫(きょうはく)じみたことをしてしまったような気になって、ちょっとだけ申し訳なく感じたからだ。

「フルと二人で遊んでこい」

「――っ！　分かったのだ！　行こうなのだ！」

「はい」

カオリはフルの手を取って、前と同じように空を飛んで立ち去った。

俺は安楽椅子(あんらくいす)に座り直して、空に消えていく二人の姿を見送った。

カオリの反応に、俺は心の底からホッとした。

彼女ともかなり長い付き合いになる。

あの様子なら、カオリは土下座したことは誰にも言わないだろう。

そのことは信用できる、と俺は思った。

だからホッとした。

「ふわー……」

安心したので、また眠気がぶり返してきた。

俺は大きなあくびをして、そのまま安楽椅子の上で眠りに落ちるのだった。

☆

屋敷から飛び立った、カオリとフル。

空の上で、カオリの力でどんな鳥よりも速いスピードで飛んでいった。

「……魔王」

「どうしたのだ？　あっ、もしかして速すぎて息がしにくいのだ？」

「それは大丈夫です。私は剣、呼吸をする必要はありません」

「なるほどなのだ！」

「それよりも魔王、あなたは強いですか？」

「もちろんなのだ！　お父様とお母様、それにお姉様をのぞけば世界一強いのだ」

「そうですか」

それは世界一とは言わないのでは？ と、ここに別の人間がいれば突っ込んでいただろうが、あいにく一緒にいるのは突っ込みという発想を持たないフルだけだった。

　そのフルはいつものような淡々とした表情と口調で、さらに質問した。

「例えばですが、ヒュドラ級の魔物は倒せますか？」

「ヒュドラ？　あんなクソザコ小指一本でちょちょいのちょいなのだ」

「分かりました。もう一つ、あなたには変身する機能――いえ、能力はありますか？」

「変身なら魔法でできるのだ」

「マスターに変身することはできますか？」

「甥っ子ちゃん？　それならもっと余裕なのだ。甥っ子ちゃんくらいよく知ってる相手だとそっくりに変身できるのだ」

「ありがとうございます。最後にもう一つ――ヒュドラか、それと同じくらいの魔物がどこにいるのか分かりました？」

「もちろんなのだ――こっちなのだ！」

　今一つ何を言いたいのか把握しきれないでいるカオリだが、話の流れからその魔物のところに行きたいらしい、というのは分かったから、彼女はフルを連れたまま、空中で一八〇度回転して、反対方向に向かった。

「その魔物を、マスターの格好になって倒してみませんか？　わたしと一緒に」

「親友と一緒に!?　もちろんやるのだ！」

「ではお願いします」

「まかせろなのだ！」

カオリが胸を叩いてそう言い、フルは静かに頷いた。

これは、ヘルメスの誤算というほかなかった。

彼は確かにカオリのことをよく知っているし、カオリが自分から余計なことをしないという推測は正しい。

だが、その一方で。

ヘルメスはまだフルのことをよく知らなくて。

フルもまだ、ヘルメスのことを実はよく知らない。

フルが、マスターを持ち上げたいという気持ちがあることをヘルメスは知らなくて。

ヘルメスが目立ちたくないということをフルはまだ知らない。

たがいにそれを知らない中、フルは、ヘルメスのために強力なモンスターを討伐(とうばつ)し、それをヘルメスの仕業(しわざ)に仕立てあげたのだった。

彼の、知らないところで。

書き下ろし

魔王とスレイヤー

荒涼極まる荒野に、少年と少女が向き合っていた。

少年は十五・六歳といったところか。

成長した体とは裏腹に、顔にはたっぷり稚気が残っている。

対する少女は見た目が十歳かそこらで一見して少年よりも年下だが、幼げな笑顔の下から星霜の深みがこれでもかとあふれ出している。

大人に近づいているのに幼い、幼げなのにまるで老女のよう。

そんな近しくて、しかし正反対の二人が向き合っていた。

「早くすませるのだ、私はこう見えても忙しいのだ」

「……」

少女がせっつくように言うが、少年は青ざめた表情のままぶるぶる震えていた。

荒野に風がびゅー、と吹き抜けた。

少女の着物の長い袖が風になびき、少年は持っている武器が風に取られて、自身もバランスを崩して大きくよろめいた。

「く、くそっ。こんなことで……」

『何をやっているんですの。そんなていたらくで本当にわたくしを振るえると思っていますので』

「そ、そんなこと言ったって……俺、こんなことやったことなくて。それにあの人──」

少年は心に直接伝わってくるインテリジェンスソードに返答しながら、向き合っている少女のことをちらっと見た。

「ま、まま、魔王……だよな……」

『ですからシャンとなさい！』

「ひぅ！」

インテリジェンスソードに一喝されて、少年は思わず目をつむって、ビクッと震え上がった。

『魔王がなんだっていうんですの？　あっちが魔王ならこっちにはこのわたくし、マオウ・スレイヤーがついていますのよ』

「で、でも俺は……」

『ですから！』

「ひぃっ！」

『あなたは十万人の中から選ばれた、唯一このわたくしに適合した人間ですのよ。もっと自信をお持ちなさい！』

「じゅ、十万人……」

インテリジェンスソードにそう言われて、少年はおそるおそる、といった感じで自分が持っている剣をじっと見つめた。

元は自分に自信がない少年なのだろう。

その少年が、「十万人の中から」という言葉を反芻する。

大勢の中から選ばれた、ということに胸を打たれて、それが彼の中で自信を構築していってるようだ。

まだ弱気が残っているが、傍から見ていても分かるくらい、表情に自信が満ち溢れていく。

「本当に、俺にできるのかな」

『できますわ、自信をお持ちなさい』

「そ、そっか……よおし」

少年は決意を固めた。

インテリジェンスソードの柄をぎゅっと握り締め、一歩踏みだす――直前。

「まだなのか？　暇だからちょっと暇つぶしをしてくるのだ」

やり取りの間も、ずっと退屈していた幼げな老女はとうとうしびれを切らせた。

一言そう言い捨てるなり、ふわりと飛び上がって、猛スピードで遥か彼方へ飛んでいった。

「えっ!?　ど、どういうこと？　どうすればいいの？」

『落ち着きなさい。このまま待っていればいいのですわ』

「え？　でも……」

『言うことが聞こえてませんでしたの？　魔王は暇つぶしに行くとおっしゃってましたわ。それが終われば戻ってくる。焦る必要はありませんわ』

「そ、そっか」

インテリジェンスソードの説明に、少年は納得して、胸をなで下ろした。

しかし、次の瞬間。

少年が積み上げたばかりの自信を、粉々に吹き飛ばす出来事がおきた。

相手が飛んでいった先の遠くで、まばゆい閃光が煌めいた。

「なんだ？　あの光は」

『――っ！　伏せなさい！』

「え？　うわあああああ！」

インテリジェンスソードの警告もむなしく、少年は爆風に吹き飛ばされた。

閃光の約十秒後にやってきた轟音と爆風に、なすすべもなく吹き飛ばされていった。

もんどり打って、後方に転がっていく。

ころころころ――と、地面に叩きつけられてからも十メートルは転がっていった。

「がはっ……な、なんだ、いまの」

『化け物め。山を吹き飛ばしたのですわ』

「や、山を?」

『ごらんなさい』

インテリジェンスソードに言われて、少年は爆発が起きた方角を見た。

すると、地平線の向こうにおぼろげに見える稜線が、不自然な形で大きくかけているのが見えた。

子供が砂遊びをして、蹴り飛ばしてかけさせた——のと似ている、まったくもって不自然な光景がそこにあった。

「え、ええ、えええ!!」

少年はそれを見て、絶叫に近い声を上げてしまった。

「ああああ、あれって、あれって!?」

『魔王の仕業ですわ。まったく。どこまで化け物なんですの』

「むむ無理だよ! あんなの聞いてないよ」

『安心なさい。あれは魔王、そして私はマオウ・スレイヤー。天敵なのよ。斬りつけさえすればどうとでもなりますわ』

「……わ、わかった」

少年は腹をくくった。理由は二つある。

一つは、インテリジェンスソードの口調は断言調だったから。

そこまで断言されれば、そうかもしれないと思えてくるものだ。

やれと言われたこともそこまで難しいことではないのも功を奏した。

インテリジェンスソードはあくまで「自分を使って斬りつける」ということしか求めていない。

それくらいのことなら自分にも――と、少年は思った。

そしてもうひとつ。

インテリジェンスソードの声は年頃の、少女の声だ。

高飛車に聞こえてはいるが、それでも聞こえてくるのは少女の声だ。

大人になり立て、自信を積みたての少年は、その相手に良いところを見せたいという、健気な男心が芽生えていた。

彼は今、人生でもっとも勇気を振り絞っている。

あらんばかりの勇気で、良いところを見せたい相手――インテリジェンスソードを構えた。

しばらくして、魔王が戻ってきた。

去っていった時と同じで、空を自由自在に飛んで戻ってきた。

そして、少年の前に、スタッと着地する。

「ふむ、もう準備ができてるみたいなのだ?」

「あ、ああ。いつでも来い!」

「うむ、それではちゃちゃっと終わらせるのだ」

魔王はそう言って、袖(そで)をなびかせながら細い腕を振り上げた。

「い、いくぞぇ!」

慣れないかけ声が裏返る少年、そのままインテリジェンスソードを振りかぶったまま突進した。

その瞬間、魔王の指先が光った。

「え?」

『避け——』

インテリジェンスソードは叫んだが、その言葉は最後まで紡(つむ)がれることはなかった。

光が少年を覆(おお)った、が。

少年には傷一つついていなかった。

代わりにインテリジェンスソードが跡形もなく消え去っていった。

いや、跡形もないというのは厳密には正しくない。

「どう、して……」

少年は握っている右手を開いて、手の平の中を見た。

握り締めていた手の平に、インテリジェンスソードの残骸、柄が残っていた。

魔王は器用に、彼が握っている部分以外、絶対的な力で吹き飛ばしたのだ。

「そん、な……」

少年は膝から崩れ落ちた。

人生で初めて自信を与えてくれた相手の、そのなれの果てを受け入れることができなかった。

「ふはははは、ざっとこんなもんなのだ」

少年に一生消えることのない傷を植え付けた魔王は、そんなことなど知るよしもなく、自分がやったことに満足して大笑いするのだった。

☆

「ということがあったのだ」

「ひどすぎる！」

昼下がり、リビングの中、ソファーの上。

いつものようにカオリにひっつかれたまま、話を最後まで聞いた俺は思いっきり突っ込んだ。

マオウ・スレイヤーの一件が気になって、軽い気持ちで話を振ってみたのが間違いだった。

「こんなエグい話が出てくるなんて想像してないって……」

「何がエグいのだ？　私はちゃんとお母様の言うとおり、か弱い人間には一切手出ししてないのだ」

「いやいや」

　そういう話じゃないだろう、と俺は思った。

「もちろんマオウ・スレイヤーはうまく使えれば私を倒せる可能性があるから、念入りに砕いておいたのだ。跡形もないのだ」

「……念の為に聞くけど、あの少年の手からこぼれた柄部分の残骸は……」

「当然すぐに砕いたのだ」

「ひどすぎる！」

　またまた声を張り上げてしまった。

　すぐにってことは、たぶん——というかカオリの性格上、間違いなくあの少年がショックを受けてる状態で砕いたんだろう。

『あっ、ちょびっと残ってたのだ』

　カオリが悪くなく、ちょっとした「ノリ」でそうやったのがありありと想像できた。

「お前なあ……」

「なんで甥っ子ちゃん怒ってるのだ？　私を殺すためだけに作られた剣を砕くのは当たり前なので、自己防衛なのだ」

「いやそうじゃなくて……まあいいや」

　俺はため息をついた。

　カオリがそのことを理解できないのは今更だし、話に出てきた少年ももうとっくに天寿を全うしているくらい昔のことなので、これまた今更だ。

　それでも俺は一応、と思いながら。

「もうちょっと人間の感情を分かるように努力してくれ……」

　と言った。

「うーん、よく分からないけど、甥っ子ちゃんがそう言うのなら努力するのだ！　だから遊ぶのだ」

　カオリはいつものように、屈託のない表情で俺に詰め寄ってきた。

「はいはい」

　俺は呆れながら起き上がり、文字通り骨が折れる、魔王との遊びに付き合ってやったのだった。

あとがき

人は小説を書く、小説が書くのは人。


皆様お久しぶり、あるいは初めまして。

台湾人ライトノベル作家の三木(みき)なずなでございます。

この度(たび)は『俺はまだ、本気を出していない』の第七巻を手にとって下さりありがとうございます！


七巻……感無量(かんむりょう)です。

皆様に手に取っていただいたおかげで、本作はなんと第七巻まで刊行することができました。

これはなずながダッシュエックス文庫で刊行している作品の中でもっとも長寿(ちょうじゅ)のシリーズとなりました。

本当にありがとうございます！

というわけで、今回も引き続き、ヘルメスにはひどい目にあってもらいました（笑）。

うっかりした。
知らなかった。
お酒を飲んでしまった。
まわりが知らなくてよかれと思ってやった。

基本、話ごとにこのうちのどれかに該当（がいとう）している話になってます。
そしてどれに該当しても、最終的にはヘルメスは失敗するが、代わりに評価がうなぎ登りになってしまう。

そんな風にできてますので、是非（ぜひ）安心して楽しんでいただけると幸いです。

さて、ここで宣伝。
本作はスマホアプリ『マンガＵＰ！』様にてコミカライズしております。
この度、九月の閲覧数（えつらんすう）一位となりました！

二〇〇作品以上ある中で、月間で一番読まれた作品となりました。

コミカライズは小説とまったく同じコンセプトで、ヘルメスを苛(いじ)めて彼の評価を上げるという作品に仕上がっていますので、小説を読まれた方も、是非一度はそちらも読んでみて下さい。なにとぞ、よろしくお願いいたします。

最後に謝辞(しゃじ)です。

イラスト担当のさくらねこ様。今回も素晴らしい絵をありがとうございます。姉妹に囲まれたヘルメス、困ってるように見えながらも嬉しそうな気がします！

担当編集T様。今回も色々とありがとうございました！

七巻まで刊行させてくださったダッシュエックス文庫様。本当に感謝の言葉もありません！

これを手に取って下さった読者の皆様方、その方々に届けて下さった書店の皆様。

本書に携(たずさ)わった多くの方々に厚く御礼申し上げます。

つぎもまたお届けできる日が訪れることを祈念しつつ、筆を置かせて頂きます。

二〇二一年十月某日　なずな　拝

ダッシュエックス文庫

俺はまだ、本気を出していない7

三木なずな

2021年11月30日　第1刷発行

★定価はカバーに表示してあります

発行者　瓶子吉久
発行所　株式会社　集英社
〒101−8050　東京都千代田区一ツ橋2−5−10
03（3230）6229（編集）
03（3230）6393（販売／書店専用）03（3230）6080（読者係）
印刷所　大日本印刷株式会社

ISBN978-4-08-631443-5 C0193

ダッシュエックス文庫

俺はまだ、本気を出していない
三木なずな
イラスト／さくらねこ

俺はまだ、本気を出していない2
三木なずな
イラスト／さくらねこ

俺はまだ、本気を出していない3
三木なずな
イラスト／さくらねこ

俺はまだ、本気を出していない4
三木なずな
イラスト／さくらねこ

強すぎる実力を隠し貴族の四男として気ままに暮らすはずが、優しい姉の応援でうっかり当主に!?　慕われ尊敬される最強当主生活！

姉の計略で当主になって以降、なぜか大活躍のヘルメス。伝説の娼婦ヘスティアにも惚れられて、本気じゃないのにますます最強に…？

剣を提げただけなのに国王の剣術指南役に!?　地上最強の魔王に懐かれ、征魔大将軍に任命され、大公爵にまで上り詰めちゃう第３幕!!

うっかり魔王の力を手に入れて全能力が２倍に!?　誘拐事件の首謀者である大国の女王にはマジ惚れされ、男っぷりが上昇し続ける!!

ダッシュエックス文庫

俺はまだ、本気を出していない5

三木なずな
イラスト／さくらねこ

俺はまだ、本気を出していない6

三木なずな
イラスト／さくらねこ

善人おっさん、生まれ変わったらSSSランク人生が確定した

三木なずな
イラスト／伍長

善人おっさん、生まれ変わったらSSSランク人生が確定した2

三木なずな
イラスト／伍長

女王エリカの猛アタックを受け続けたヘルメスが遂に陥落!? さらにかつてヘルメスに求婚されたという少女ソフィアが現れて…?

本気じゃないのに今度はうっかり準王族に!? 未来の自分と遭遇したり、外遊先で新たな出会いがあったりと、最強当主生活は継続中!

前世が善人すぎた男の次の人生は、SSSランクの幸せが確定! 貴族の子として賢く強く、すべてが報われるサクセスライフ!!

前世の善行により、神に匹敵する勝ち確定人生に転生したアレク。悪魔を天使に、邪神を女神に!? 膨大な魔力で、みんなを幸せに!

ダッシュエックス文庫

神の金属と賢者の石で最強の剣を作り、事件の続く温泉街へ！　帝国の歴史的事件も解決し、美女と武器を手に入れますます最強に‼

最高のサクセスライフに前世が聖女の娘が加入‼　さらに暗殺を企てた幼女の魂を救ったら、アレクのアレのすごい機能がわかって⁉

メイドが起こしたトラブルを解決したら魔法が無限に使えるように‼　他国の内乱まで解決してしまい、善行もついにカンスト間近⁉

SSSランク人生についに創造神が「神罰」で介入！　相殺するため悪行を働くが、どんな悪行も結局善行になってしまい…？

ダッシュエックス文庫

善人おっさん、生まれ変わったらSSSランク人生が確定した7
三木なずな
イラスト／伍長

報われなかった村人A、貴族に拾われて溺愛される上に、実は持っていた伝説級の神スキルも覚醒した
三木なずな
イラスト／柴乃櫂人

報われなかった村人A、貴族に拾われて溺愛される上に、実は持っていた伝説級の神スキルも覚醒した2
三木なずな
イラスト／柴乃櫂人

報われなかった村人A、貴族に拾われて溺愛される上に、実は持っていた伝説級の神スキルも覚醒した3
三木なずな
イラスト／柴乃櫂人

今度は荒廃した街の復興で大活躍！　女性活躍社会&キャッシュレスまで導入し歴史に名を刻んだアレクは、ついに結婚することに!!

ただの村人が貴族の孫に!?　強力な魔力でドラゴンを手懐け、古代魔法を復活させ、最強の剣まで入手する全肯定ライフがはじまる!!

精霊を助けて人間が使えない魔力を手に入れたり、ドラゴン空軍の設立で軍事の常識を覆したり…絶賛と溺愛がさらに加速する!!

ルイザン教の神となったマテオは膨大な知識を手に入れるシステムを作った。その知識をもとに理想の世界へ近づける真実を知って!?

すべてが肯定される究極の異世界無双!!
報われなかった村人A、貴族に拾われて溺愛される上に、実は持っていた伝説級の神スキルも覚醒した
三木なずな
Illustration
柴乃櫂人

最強
×
溺愛

報われなかった村人A、貴族に拾われて溺愛される上に、実は持っていた伝説級の神スキルも覚醒した
三木なずな

報われなかった村人A、貴族に拾われて溺愛される上に、実は持っていた伝説級の神スキルも覚醒した
三木なずな
2

報われなかった村人A、貴族に拾われて溺愛される上に、実は持っていた伝説級の神スキルも覚醒した
三木なずな
3

三木なずな
新シリーズ
完全無双
開幕!!
異世界最高の
貴族、ハーレムを
増やすほど強くなる
三木なずな
Illustration
へいろー

俺がすべてを手に入れる。
強さも、
メイドも、
エルフだって!?
異世界最高の貴族、ハーレムを増やすほど強くなる
三木なずな
illustration へいろー
ダッシュエックス
DX文庫より第1巻新登場!!